ALIAS
Mörderischer Nebenjob

ALIAS

MÖRDERISCHER NEBENJOB

Roman
von Laura Peyton Roberts

Auf Basis der gleichnamigen Fernsehserie
von J. J. Abrams

Aus dem Amerikanischen
von Michael Neuhaus

Bibliografische Information Der Deutschen Bibliothek
Die Deutsche Bibliothek verzeichnet diese Publikation in der
Deutschen Nationalbibliografie; detaillierte Daten sind auch im
Internet über http://dnb.ddb.de abrufbar.

Das Buch »Alias. Mörderischer Nebenjob«
entstand nach der gleichnamigen Fernsehserie
ausgestrahlt bei ProSieben.

© des ProSieben-Titel-Logos mit freundlicher
Genehmigung der ProSieben Television GmbH

Erstveröffentlichung bei Bantam Books, eine Unternehmensgruppe
von Random House, New York 2002.
Titel der amerikanischen Originalausgabe:
Alias. A Secret Life.

™ und © 2003 by Touchstone Televisison.
All Rights Reserved.

© der deutschsprachigen Ausgabe:
Egmont vgs verlagsgesellschaft, Köln 2003
Alle Rechte vorbehalten.
Lektorat: Christina Deniz
Produktion: Wolfgang Arntz
Umschlaggestaltung: Sens, Köln
Satz: Hans Winkens, Wegberg
Druck: Clausen & Bosse, Leck
Printed in Germany
ISBN 3-8025-3231-7

Besuchen Sie unsere Homepage im WWW:
www.vgs.de

KAPITEL 1

»Warum müssen wir eigentlich unbedingt im Studentenwohnheim wohnen?«, beschwerte sich Sydney Bristow und schaute von ihrer Dostojewski-Lektüre auf.

Genervt sah sie zu dem halb geöffneten Fenster hinüber. Zusammen mit der sanften Brise Kaliforniens drangen lautes Rufen und Gelächter in das Zimmer hinein. »Erstsemestler machen so einen fürchterlichen Lärm.«

»Falls du's vergessen hast, *wir* sind die Erstsemestler«, erwiderte Francie Calfo und wandte sich, mit einem knallroten Nagellackpinsel gestikulierend, auf ihrem Stuhl zu der Kommilitonin um. Die junge Schwarze hatte bereits vor geraumer Zeit ihr Lernpensum für den heutigen Tag als erledigt befunden und ihren Schreibtisch kurzerhand in ein Maniküretischchen umfunktioniert. »Außerdem ist heute Samstag und traumhaftes Wetter. Jeder vernünftige Mensch ist an einem solchen Tag da draußen und hat Spaß.« Wehmütig hob Francie ihre dunklen Augenbrauen. »Bitte hilf mir noch mal: Aus welchem Grund sind wir nicht da draußen?«

»Wegen mir«, sagte Sydney seufzend. Sie warf ihr Buch auf die dünne Wohnheimmatraze und stand auf, um einen Blick aus dem Fenster zu werfen.

Auf dem frisch gemähten Rasen tummelten sich Studenten jeden Semesters und genossen den sonnigen Frühlingstag. Einige saßen lachend und plaudernd in Gruppen beieinander, andere hatten sich spontan zu Mannschaften zusammengefunden und tollten Ball oder Fang-michdoch spielend herum wie junge Hunde. Frisbee-Scheiben segelten kreuz und quer über die Szenerie, und eine kichernde Mädchen-Meute rannte unermüdlich mal in die eine, mal in die andere Richtung in dem Versuch, einen großen, farbenprächtigen Drachen aufsteigen zu lassen. Shorts und Tank-Tops waren angesagt, und selbst von ihrem Fenster im fünften Stock aus konnte Sydney den fruchtigen Geruch von Sonnenöl wahrnehmen.

»Du solltest auch rausgehen und etwas unternehmen«, sagte sie und drehte sich abrupt zu Francie um. »Es gibt keinen Grund, dass du hier in der Bude hockst und mir beim Lernen zusiehst. Nach all den Stunden, die ich mit Geldverdienen zugebracht habe, hab ich fürs Studium einiges aufzuholen, aber du ...«

»Was wäre ich denn für eine Freundin, wenn ich mich draußen amüsieren würde, während du hier schuftest und ackerst und dich durch ... äh, was liest du da eigentlich?« Francie erhob sich und griff mit von feuchtem Nagellack glänzenden Fingerspitzen nach dem Buch, das auf Sydneys Bett lag. »Ist das ... Was *ist* das?«

Sydney erstarrte. Warum nur hatte sie das Buch so offen liegen lassen?

»Dostojewski«, sagte sie rasch. »Für mein Einführungsseminar in Weltliteratur. Pflichtlektüre für alle Teilnehmer.«

Mit wenigen Schritten war sie bei Francie und wollte ihr die Lektüre aus der Hand nehmen, doch ihre Zimmergenossin brachte sich geschickt außer Reichweite und zog ungläubig die Augenbrauen in die Höhe. »In Russisch? Das *ist* doch Russisch, oder?«

»Na ja ... schon, aber ...«

»Ich will dich ja nicht demotivieren, Syd, aber den meisten Literaturdozenten reicht es völlig, wenn die Studenten die englische Übersetzung lesen. Mal abgesehen davon, wann hast du eigentlich Russisch gelernt?«

»Äh ... eigentlich nie«, log Sydney. »Ich meine, ich dachte, ich könnte es später mal selbst unterrichten. Aber im Augenblick bereitet mir das alles noch ungeheure Kopfschmerzen ...«

Zumindest das entsprach der Wahrheit.

Francie legte das Buch wieder auf Sydneys Bett zurück. »Ich hoffe, dir ist klar, dass du verrückt bist. Mit deinen Seminaren und deinem Job bei der Bank hast du wohl noch nicht genug zu tun?«

Anstelle einer Antwort rang sich Sydney ein schwaches Lächeln ab.

Das Schlimmste sind die Lügen, dachte sie. Davon sagen sie dir nichts, wenn du in die CIA eintrittst. Du glaubst, das Schlimmste ist die Angst. Die Angst davor, eines guten Tages aufzufliegen und erwischt zu werden, oder vielleicht sogar getötet. Aber die Lügen ... die Lügen begleiten dich jeden Tag.

»Du bist meine beste Freundin, Francie«, platzte sie heraus. »Und daran wird sich auch nichts ändern, stimmt's?«

Francie lachte entwaffnend. »Ich hab mich nicht seit dem letzten Sommer an deine Macken zu gewöhnen versucht, nur damit du dir jetzt eine andere Freundin suchst.«

»Niemals. Es gibt nichts, was ich nicht für dich tun würde«, sagte Sydney ohne Falsch.

»Außer mit mir an so einem wunderbaren Tag raus an die Sonne zu gehen.« Mit hoffnungsvollem Blick wies Francie auf das Fenster. »Vergiss die Paukerei, Syd! Wozu leben wir eigentlich in L. A., wenn wir doch niemals an den Strand gehen?«

»Ich dachte, du fändest deinen Badeanzug ätzend.«

»Das war, bevor ich mir einen neuen gekauft habe. Und heute Abend steigt bei den Delts 'ne Party. Hab mitbekommen, wie sich im Speisesaal ein paar Mädchen darüber unterhalten haben.«

»Eine Verbindungshaus-Party?« Anfang des Jahres war Sydney schon einmal auf einer dieser Studentenfeten gewesen. Sie hatte zu viel getrunken, und prompt war ihr schlecht geworden. Seitdem standen für sie zwei Dinge fest: Erstens war sie definitiv keine Partygängerin, und zweitens konnten Jungs, die in einer Verbindung waren, ausgesprochen widerlich sein. »Okay, nichts wie an den Strand!«

»Echt? Du kommst mit?« Hektisch begann Francie mit ihren Händen in der Luft herumzuwedeln, um ihren Nagellack zu trocknen. »Wir können uns auf dem Weg ja noch ein paar Sandwiches mitnehmen. Und ich wette, ich kann irgendwo auch noch zwei Liegestühle auftreiben. Ich bin ziemlich sicher –«

Der Piepser an Sydneys Hosenbund meldete sich.

»Oh, sag, dass das *nicht* die Bank ist!«, rief Francie aus, während Sydney den Pager so drehte, dass sie die Nachricht lesen konnte, die auf dem kleinen Display aufgetaucht war: *Wilson.*

»Tut mir Leid, Francie. Ich muss weg.«

»Aber es ist Samstag!«, protestierte Francie. »Banken haben am Wochenende nicht mal geöffnet!«

Entschuldigend zuckte Sydney mit den Schultern. »Meine schon.«

»Du solltest den Job hinschmeißen! Du bist gerade mal ein paar Monate dabei, und schon glauben sie, sie könnten mit dir die Molli machen.«

»Wahrscheinlich soll ich nur ein paar Akten heraussuchen«, sagte Sydney, abermals wider besseren Wissens. »Geh schon mal ohne mich an den Strand. Wenn ich mich früh genug wieder loseisen kann, treffen wir uns dort.«

Francie ließ sich enttäuscht auf ihr Bett plumpsen. »Du und früh wieder loseisen. Das sagst du jedes Mal, und nie wird was draus.«

»Diesmal versuch ich's wirklich. Aber falls es nicht klappt, dann sehen wir uns auf jeden Fall heute Abend. Okay? Zur Party bin ich ganz bestimmt rechtzeitig wieder zurück.«

»Die Delt-Party?« Francies Miene hellte sich schlagartig auf. »Versprochen?«

»Nur wenn es dich wirklich, wirklich glücklich macht. Du weißt, dass diese Verbindungstypen sich immer sinnlos die Kante geben und dann den ganzen Abend lang versuchen werden, uns anzubaggern.«

Francie grinste, und ein schelmisches Funkeln trat in ihre Augen. »Ich weiß.«

Die Straßen des Geschäftsviertels wirkten wie ausgestorben, als Sydney mit ihrem weißen Mustang in die Zufahrt zu dem bewachten Parkhaus einbog, das sich neben dem Credit-Dauphine-Gebäude befand. Während sie den Wagen abschloss, betrachtete sie sich in dem Fenster der Fahrertür: dezentes Make-up, das dunkle glatte Haar zu einem langen Pferdeschwanz gebunden und in den braunen Augen einen leichten Anflug jenes starren Blickes, mit dem ein Kaninchen in die Scheinwerfer eines heranrasenden Autos stiert und den sie immer bekam, wenn sie aufgeregt war.

Sie hasste es, alle Welt hinsichtlich ihres neuen Jobs anlügen zu müssen, doch andererseits war nicht zu leugnen, dass das Agententraining bei der CIA mit Abstand die aufregendste Sache war, die sie jemals in ihrem Leben gemacht hatte – ganz zu schweigen davon, dass es auch die bedeutendste war.

Als Sydney den Fahrstuhl betrat, der sie hinab zum sechsten Untergeschoss der Bank bringen würde, dem geheimen Hauptquartier ihres wirklichen Arbeitgebers, begann sich ihr Puls, wie immer, wenn sie hierher kam, rapide zu beschleunigen. Falls sie das Training durchhielt und erfolgreich absolvierte, würde sie vom SD-6, einer getarnten Unterabteilung der CIA, als Spionin eingesetzt werden, als frisch gebackene und waschechte Geheimagentin, deren Aufgabe es war, die Vereinigten Staaten vor allen Feinden, äußeren wie inneren, zu schützen. Eine ungeheure Verantwortung – und sie nahm sie mit Freuden auf sich. Ihr ganzes Leben lang hatte sie auf eine solche Chance gewartet, sich als etwas Besonderes erweisen zu können.

Die Fahrstuhltür öffnete sich, und Sydney trat hinaus in eine andere Welt. Ein kleiner weißer Raum stellte den Zugangsbereich des SD-6 dar. Auf dem Boden war ein schwarzer Kreis aufgemalt. Sydney begab sich in sein Zentrum, straffte sich und hob den Blick zur Decke. Ein Retina-Scan verifizierte sie als zutrittsberechtigt, und in der nächsten Sekunde glitt vor ihr eine Tür auf, die ihr Einlass in den Hauptarbeitsbereich gewährte.

Die rauen Betonwände und die dunkle hohe Decke verliehen dem Hauptquartier etwas beinahe Höhlenartiges, ein Eindruck, der noch verstärkt wurde durch das Fehlen jeglicher Fenster. Kaltes Neonlicht erhellte von oben den Raum, doch die weitaus interessanteren Lichtquellen bestanden aus Reihen über Reihen flimmernder Computerbildschirme, die auf völlig identischen, ebenso schlichten wie neutralen Schreibtischen standen.

Eines Tages wird einer dieser Tische meiner sein, dachte Sydney stolz, während sie an ihnen vorüberschritt.

Im Augenblick jedoch arbeiteten lauter Agenten, die sie nicht kannte, an Projekten, in die sie nicht eingeweiht war, und kümmerten sich derweil ohne sie um die Sicherheit des Landes.

»Sydney!« Wilson kam aus seinem Büro, um sie zu begrüßen. Als Rekrutenanwerber und Ausbildungsleiter der

Geheimdienststelle war Wilson einer der wenigen Mitarbeiter, zu deren Privilegien auch ein eigener Schreibtisch mit vier Wänden drum herum gehörte, auch wenn diese nur aus Glas bestanden. »Ins Op-tech, bitte. Jetzt gleich.«

Mit einem unguten Gefühl in der Magengegend folgte Sydney Wilson in den großen abgetrennten Konferenzraum, der das so genannte Op-tech, das Besprechungszimmer des SD-6, darstellte. In der Mitte der Raumes stand ein langer Tisch mit Stühlen. Jeder der Plätze war mit einem TFT-Display ausgestattet, die dazu dienten, die Agenten für ihre Einsätze zu briefen.

Warum sind wir hier?, fragte sich Sydney. Heißt das, ich bekomme heute meinen ersten richtigen Auftrag?

Doch als sie auf einem der Stühle Platz nahm, fiel ihr Blick auf einen schwarzen Bildschirm. Bei einem echten Briefing wäre dort sicherlich mehr zu sehen.

Sie spürte einen Anflug von Enttäuschung, doch war sie nicht wirklich überrascht. Zwar hatte sie beim Training binnen kürzester Zeit riesige Fortschritte gemacht, die allenthalben als viel versprechend und durchaus beeindruckend gewürdigt wurden, aber sie war noch weit davon entfernt, alles zu wissen – und davon, eine richtige Agentin zu sein. Die Ausbildung beim SD-6 war, als würde man sich zusätzlich eine ganze Ladung von College-Kursen aufhalsen, mit Schwerpunkten in Sprachen, Geographie, Politikwissenschaft und, nicht zu vergessen, in Selbstverteidigung. Nie wusste sie, womit Wilson sie heute wieder drangsalieren mochte, doch bislang war die einzige Herausforderung, bei der sie nicht geglänzt hatte, der Wassertank gewesen.

Mit Schaudern erinnerte sich Sydney an jenen Tag vor einer Woche, als sie in den engen, sargähnlichen Behälter gesteckt worden war, der sich wenige Sekunden darauf mit Wasser zu füllen begann. Sie hatte nicht damit gerechnet, dass die Kammer so schnell und vor allem komplett voll laufen würde, und als dann auch noch von außen das Licht ausgeschaltet wurde, hatte Panik sie erfasst. Die ihr gestellte Aufgabe bestand darin, drei Minuten die Luft anzuhalten und dann in einer bestimmten Abfolge eine Reihe von Hebeln umzulegen, die einen Mechanismus auslösten, der das Wasser wieder ablaufen ließ.

Tatsache war, dass es nicht einmal dreißig Sekunden gedauert hatte, bevor sie anfing, hektisch an den Hebeln herumzuhantieren – und als das Wasser keinerlei Anstalten machte, wieder abzufließen, hatte sie den Notschalter gedrückt. Das Protokolldiagramm ihrer Körperfunktionen hatte ausgesehen wie das eines Erdbebens der Stufe 8.0 auf der nach oben offenen Richterskala.

Wilson hatte es gelassen genommen. »Immerhin wissen wir jetzt, dass Sie auch nur ein Mensch sind«, waren seine Worte gewesen, als er den Bericht des Testleiters las.

»Ich ... fühle mich unter Wasser einfach nicht wohl«, hatte Sydney ihm gestanden.

»Warum nicht?«

»Ich weiß es nicht.«

Doch sie wusste es genau. Unter Wasser hatte ihre Mutter den Tod gefunden, nach einem Unfall, bei dem ihre Eltern mit dem Auto von der Fahrbahn abgekommen und von einer Brücke gestürzt waren. Damals war Sydney gerade sechs Jahre alt gewesen. Und immer wenn sie seitdem ...

»Ich kann schwimmen«, versicherte sie Wilson rasch. »Ich bin sogar eine ziemlich gute Schwimmerin. Ich ... bleib nur meist in der Nähe der Wasseroberfläche.«

»Nun gut, vielleicht können wir den Wassertank zunächst überspringen«, hatte er erwidert und den Bericht auf einen Stapel Dokumente gelegt. »Sehen Sie zu, dass Sie in irgendeinem Schwimmbecken trainieren.«

»Das werde ich«, hatte sie ihm versprochen. Und sich daran gehalten. Doch allein schon der Gedanke, abermals in diesen dunklen, engen Sarg hineinzukriechen ...

»Haben Sie eine Vermutung, warum ich Sie hierher gebeten habe?«, fragte Wilson in diesem Augenblick, während er seinen schweren, stämmigen Körper auf den Stuhl am Kopfende des Tisches sinken ließ.

»Nein.«

»Ich habe einen Auftrag für Sie. Und es ist notwendig, dass Sie ihn sofort übernehmen.«

Sydney spürte, wie sich ihr Herzschlag von einer Sekunde zur anderen verdoppelte und heftig gegen ihren Brustkorb zu trommeln begann.

Ich ... Gut«, sagte sie und versuchte, ihre Atmung unter Kontrolle zu halten. Ein Ausbildungsziel des SD-6 war es, seinen Agenten beizubringen, wie man jegliche Emotionen verbarg – für einen Spion eine nachgerade überlebenswichtige Fähigkeit –, doch Sydney war, was das anbelangte, noch blutige Anfängerin. »Das ist gut.«

»Sie haben in dieser Sandoval-Sache großartige Arbeit geleistet, und der Auftrag, um den es geht, sollte sich nicht allzu sehr von jenem unterscheiden«, sagte Wilson. »Eine einfache Aufklärungsmission, allerdings eine, die einen Agenten mit Scharfblick erfordert. Ich denke, Sie sind genau die Richtige dafür.«

Sydney nickte begeistert, stolz auf das Vertrauen, das man in sie setzte. Erst vor wenigen Wochen hatte sie mit Erfolg die Aufgabe erfüllt, heimlich einige Fotos von Raul Sandoval zu schießen, einem kubanischen Rockstar, der im Verdacht stand, mit einer russischen Spionagegruppe namens K-Direktorat zusammenzuarbeiten. Und obwohl der Job eine unangenehm überraschende Wendung genommen hatte, hatte Sydney ihn mit Bravour gemeistert.

Ich werde es schaffen, sagte sie sich, immer noch bemüht, ihren rasenden Puls in den Griff zu bekommen. *Was immer es sein mag, ich werde es schaffen.*

Wilson beugte sich zu ihr vor. Unter der hellen Deckenbeleuchtung zeichneten sich in seinem braunen Haar bereits deutlich einige angegraute Stellen ab. »Ihr Einsatzort ist Paris.«

»Paris!«, rief Sydney aus, alle Vorsätze, cool und gelassen zu bleiben, vergessend. »Da wollte ich mein ganzes Leben lang schon mal hin.«

Wilson schaute auf seine Uhr. »Gut. In zehn Minuten reisen Sie ab.«

»Entschuldigung?«

Das Timing hätte nicht schlechter sein können. Sie hatte Francie versprochen, zum Strand nachzukommen oder zumindest mit ihr heute Abend auf diese Party zu gehen. Trotzdem ... Paris!

»Ich meine, okay«, korrigierte sie sich hastig. »Ich muss nur noch rasch nach Hause und ein paar Sachen einpacken und ...«

»Nein. Sie brechen direkt von *hier* auf – in zehn Minuten.«

»Aber ... aber ...«

Sydneys Gedanken wirbelten chaotisch umher. Sie hatte gehofft, Francie wenigstens eine Nachricht hinterlassen zu können. Dann war da noch das nicht ganz so kleine Problem mit den Klamotten, die sie derzeit trug. Um ihre Absicht zu untermauern, später tatsächlich noch am Strand aufzukreuzen, hatte sie unter ihr normales Bank-Outfit – blaues Hemd und schlichte Khaki-Hosen – einen knallroten Badeanzug angezogen. Zudem stieg ihr in diesem Moment der Geruch der eilig aufgetragenen Sonnenschutzcreme in die Nase, die gerade eben, wohl aufgrund der plötzlichen Stresssituation, die Sydney gehörig ins Schwitzen brachte, ihr Odeur zu verströmen begann.

»Wann werde ich wieder zurück sein?«, fragte sie schließlich.

»Das hängt davon ab, wie die Dinge sich entwickeln. Jedenfalls nicht vor ein paar Tagen.«

»Oh«, sagte sie, und ihr Stresspegel stieg um einen weiteren Level.

Wilson sah sie mit durchdringendem Blick an. »Haben Sie ein Problem damit?«

»Nein. Es ist nur ... meiner Zimmergenossin wird es bestimmt komisch vorkommen, wenn ich einfach so verschwinde, ohne irgendeine Nachricht. Außerdem habe ich ein Seminar.«

Wilson zog ein Handy aus der Innentasche seiner Jacke und schob es ihr über den Tisch zu. »Hier, für Sie. Damit Sie, um etwaigen Verdachtsmomenten vorzubeugen, Ihre Zimmergenossin anrufen können oder wen Sie sonst noch bei guter Laune halten müssen. Es mag zwar wie ein normales Mobiltelefon aussehen, aber es funktioniert weltweit und kann nicht lokalisiert werden.«

»Nett«, sagte Sydney, aufrichtig beeindruckt.

»Was das College angeht«, fuhr er fort, »so wird einer unserer Ärzte Ihnen eine Grippe attestieren. Wenn die CIA nicht in der Lage wäre, mit ein paar verpassten Vorlesungen fertig zu werden, hätte die freie Welt ein echtes Problem.«

Erleichtert lachte Sydney auf. »Trotzdem, ich sollte mir vielleicht vorher ein paar andere Sachen anziehen. Oder ist das, was ich anhabe, okay?«

»Absolut nicht«, erwiderte Wilson und schüttelte amüsiert den Kopf. »Aber keine Sorge, man hat an alles gedacht.«

Er machte ein Zeichen Richtung Tür, und eine ältere

Frau kam herein, einen großen Koffer auf Rollen hinter sich herziehend.

»Ich denke, es ist an alles gedacht«, sagte sie zu Wilson, nachdem sie den Koffer neben ihm abgestellt hatte.

»Die Unterlagen?«, fragte er.

»Alles drin ... Viel Glück«, fügte sie, bereits wieder auf dem Weg nach draußen, hinzu, als sie an Sydney vorbeikam und ihre Blicke sich trafen.

Wilson wuchtete den schweren Koffer auf den Tisch und ließ die Verschlussvorrichtung aufschnappen. »Scheint alles okay zu sein«, meinte er, während er in der Damenbekleidung herumwühlte. »Was meinen Sie, Sydney?«

»Wow.«

Die Klamotten waren allererste Sahne. Namen von Designer-Labels, von denen Sydney bislang bestenfalls in Modezeitschriften gelesen hatte, zierten die Blusen, Kleider und Hosen, die ordentlich zusammengefaltet und gestapelt in dem Koffer lagen. Prada, Balenciaga, Narciso Rodriguez ...

Sie streckte die Hand aus und berührte zaghaft ein samtweiches grünes Kleid. »Das kann doch unmöglich alles für mich sein, oder?«, fragte sie ungläubig. Die Strähnen einer kastanienbraunen Perücke lugten zwischen einer kleinen Auswahl an Hüten, hochhackigen Schuhen (waren das *tatsächlich* Manolo Blahniks?), diversen Accessoires und – *kaum zu glauben!* – teuren Dessous hervor.

»Ihre Tarnung«, erklärte Wilson. Er holte einen Umschlag aus Manilakarton hervor und ließ den Koffer wieder zuschnappen. »Uns bleibt nicht mehr viel Zeit. Hören Sie also gut zu.«

Wilson öffnete den Umschlag und ging das Briefing mit Sydney durch. »Sie werden sich als reiche Jetset-Touristin ausgeben. Hier ist Ihr Flugticket, Ihr Reisepass und ein wenig Bargeld.«

Er hielt ihr einen dicken Stoß Euroscheine hin, doch Sydney griff stattdessen nach dem Reisepass und klappte ihn neugierig auf. Die Person auf dem Passbild war sie, doch der Name ...

»Kate Jones?« Sie sah Wilson fragend an.

»Ihr offizieller Deckname beim SD-6.« Er lächelte. »Zumindest bis Sie es geschafft haben, enttarnt zu werden, und wir uns was Neues für Sie ausdenken müssen.«

Sydney erwiderte sein sarkastisches Grinsen. »Ich schätze, dann werde ich für eine ganze Weile Kate bleiben.«

Ein leises Kichern drang über Wilsons Lippen, doch dann verschwand jäh jeder Anflug von Humor aus seinem Gesicht.

»Selbstvertrauen ist eine gute Sache, Sydney. Passen Sie nur auf, dass es Ihnen nicht zum Verhängnis wird.«

Langsam kroch die lange schwarze Limousine aus der Tiefgarage und fädelte sich in den schwachen, doch steten Samstagsverkehr ein. Von ihrem geräumigen Platz im Fond des Wagens aus ließ Sydney ihre Blicke über die Straßen des Geschäftsviertels gleiten, die wie Traumszenen an den getönten Wagenfenstern vorüberzogen.

Es ist tatsächlich wie im Traum, dachte sie. Sydneys Tarnung Rechnung tragend, hatte Wilson die Luxuskarosse des SD-6 angefordert, komplett mit abgedunkelten Fenstern, Satellitenfernsehen, Gläsern und Karaffen aus geschliffenem Kristall – und einem schwer bewaffnetem Fahrer, den eine undurchsichtige und kugelsichere Zwischenwand vom hinteren Teil des Fahrzeuginnenraums trennte. Der Fahrgastbereich der Limousine bot so viel Platz, dass Sydneys neuer Koffer weit geöffnet vor ihr am Boden lag, ein weiteres Indiz, das eher auf einen Traum hinzudeuten schien. Niemand, der sie kannte, würde behaupten können, dass die Begleitumstände, mit denen dieser Fall daherkam, auch nur irgendetwas mit den Realitäten gemein hatten, mit denen sie bisher in ihrem Leben konfrontiert worden war.

»Ziehen Sie sich im Wagen um, und legen Sie etwas Make-up auf«, hatte Wilsons sie angewiesen. »Denken Sie daran – Sie sind jetzt reich und mondän. Achten Sie darauf, dass Sie unter Ihrer Kleidung immer den Dokumentengürtel mit dem Geld tragen, und vergessen Sie nie, den Pass einzustecken. In diesem Geschäft weiß man nie, wann – oder ob – man sein Gepäck wiedersieht.«

Dann war auch schon der Chauffeur eingetroffen und hatte wartend vor dem Op-tech gestanden, um seinen Fahrgast in Empfang zu nehmen. Sydney hatte nur genickt, völlig überwältigt davon, wie schnell das alles ging.

»Sie werden im *Plaza Athénée* wohnen«, hatte Wilson eilig sein Briefing fortgesetzt. »Ein piekfeiner Laden. Es wird Ihnen gefallen. Ihr Zimmer ist auf den Namen Carrie Wainwright reserviert.«

»Und was ist mit Kate Jones?«, hatte Sydney verwirrt eingewandt.

»Ihr Deckname gilt nur für unterwegs, Sydney. Im Hotel heißen Sie Carrie Wainwright.«

»Oh.«

»Und das ist alles, was Sie im Moment wissen müssen. Sobald Sie im *Athénée* angekommen sind, wird sich der Agent, der die Mission leitet, mit Ihnen in Verbindung setzen. Tun Sie einfach genau das, was er Ihnen sagt, und alles wird bestens laufen.«

»Wie werde ich ihn erkennen?«

»Er wird Sie erkennen. Je weniger Sie im Augenblick wissen, desto besser, falls ...« Wilson hatte den Satz nicht beendet und stattdessen eine unbehagliche Pause folgen lassen. »Nur für den Fall.«

Sydney hatte genickt. *Falls sie mich erwischen.*

»Und jetzt müssen Sie los. Oh, warten Sie. Eins noch.« Wilson hatte eine kleine Plastikverpackung aus einer seiner Jackentaschen gezogen und ein winziges braunes, selbsthaftendes Plättchen daraus hervorgepult.

»Ein Peilsender«, hatte er erklärt, während er das Gerät knapp unterhalb ihres Schlüsselbeins befestigte. »Sieht genau aus wie ein Muttermal, aber jetzt kann ich Sie da drüben jederzeit aufspüren, sollten Sie mal verloren gehen.« Dann hatte er ihr behutsam den Kragen wieder gerichtet. »Kommen Sie heil wieder zurück, okay?«

Sydney hatte einen Kloß im Hals gehabt, und auch jetzt hatte sie einen Kloß im Hals, wenn sie an die unerwartet väterliche Geste dachte. Die Leute beim SD-6 begannen für sie allmählich zu einer Art zweiten Familie zu werden.

Besser gesagt zu meiner einzigen Familie, dachte sie bitter.

Anstatt die schmerzhafte Lücke, die der Tod ihrer Mutter in Sydneys jungem Leben hinterlassen hatte, zu füllen, hatte Jack Bristow die Jahre nach dem Unfall damit zugebracht, die Existenz seiner Tochter weitestgehend aus seinem Leben zu streichen. Eine Nanny, ein Mädcheninternat und zahllose Geschäftsreisen später waren Sydney und ihr Vater einander praktisch zu Fremden geworden. Sie konnte ihm nicht verzeihen, dass in seinem Leben kein Platz für sie war, und er schien es ihr übel zu nehmen, dass sie überhaupt geboren worden war. Auch wenn sie sich nicht wirklich hassten, so ließ sich kaum behaupten, dass sie eine besonders innige Zuneigung füreinander empfanden. Und mit jedem weiteren Jahr, das verging, wurde die Kluft zwischen ihnen größer.

Ein Ruck ging durch die Limousine, als sie über eine

Unebenheit der Straße fuhren, und riss Sydney wieder in die Gegenwart zurück.

»Verzeihung«, ertönte die Stimme des Fahrers aus der Gegensprechanlage. »LAX-Airport in zehn Minuten.«

»Was?«

Ein erschrockener Blick aus dem Wagenfenster bestätigte die Worte des Chauffeurs. Sie befanden sich bereits viel näher am Flughafen, als Sydney angenommen hatte. Rasch kniete sie sich neben den offenen Koffer, fischte ein pinkfarbenes Chanel-Kleid, ein Paar leichte Sommerschuhe und einen dazu passenden dünnen Pullover heraus und begann sich in Windeseile umzuziehen. Sodann kramte sie ihren Mascara aus dem üppig bestückten Kosmetikköfferchen, bürstete sich die Wimpern mindestens doppelt so kräftig wie sonst, zog sich einen ausdrucksvollen Lidstrich und betonte die Augenlider und die Wangenknochen mit einer gehörigen Schicht ägyptischen Puders.

Wenn Francie mich so sehen könnte!, dachte sie, während sie das Haarband löste, das ihren Pferdeschwanz zusammenhielt, und ihren neuen Look durch knallroten Lippenstift und eine dunkle Sonnenbrille Marke Hollywood-Star komplettierte. In einem im Fond des Wagens angebrachten Spiegel konnte sie das Ergebnis ihres neuen Stylings betrachten. *Ich komme mir wie ein Model vor. Nein, besser. Wie eine Super-Agentin!*

Eines jedenfalls stand fest: Sie war nicht mehr wieder zu erkennen. Und dieses Wissen gab ihr ein Gefühl von Macht.

Voller Zuversicht legte Sydney noch rasch den mit kleinen Taschen versehenen Dokumentengürtel unter ihrem Kleid an und verstaute darin den größten Teil ihres Bargelds. Die restlichen Scheine sowie ihr Pass und ihr Flugticket wanderten in eine Handtasche, die zum Design ihres Koffers passte. Sie nahm sich vor, am Flughafen ein paar Zeitschriften und Snacks für unterwegs zu kaufen, um noch mehr wie eine Touristin auszusehen. Und sie wusste auch, für welche Magazine sich eine Frau in einem Kleid von Chanel interessieren würde.

Im Grunde genommen bestand das Agentendasein aus nichts als Schauspielerei, und wenn sie eines konnte, dann schauspielern.

Ich schaff das bestimmt, dachte sie euphorisch im Hochgefühl der vor ihr liegenden Herausforderung. *Was auch immer mich bei dieser Mission erwartet, ich werde mein Land nicht enttäuschen!*

KAPITEL 2

Die Stimme eines Flugbegleiters drang aus den Lautsprechern der großen Verkehrsmaschine und riss die Passagiere aus ihren Gesprächen und Gedanken. Bedauerlicherweise sprach er Französisch.

Ich hätte zuerst Französisch anstatt Russisch lernen sollen, schalt Sydney sich selbst, während sie versuchte, hinter den Sinn seiner Worte zu gelangen. Sie war zwar recht gut in Sprachen, doch hatte sie beim SD-6 so viel zu erlernen, dass der Gedanke, sie eines Tages perfekt beherrschen zu müssen, sie manchmal ein wenig verzweifeln ließ. *Nicht nur, dass Französisch viel leichter gewesen wäre, ich könnte es im Moment auch wirklich gut gebrauchen.*

Derzeit sah es jedoch so aus, dass sie von zehn französischen Worten bestenfalls eines verstand, und selbst da war sie sich nicht ganz sicher.

Der Steward beendete seine Durchsage und wiederholte sie dankenswerterweise in Englisch: »Ladies und Gentlemen, wir befinden uns im Anflug auf den Flughafen Orly und werden in wenigen Minuten zur Landung ansetzen. Bitte bringen Sie Ihre Sitze wieder in eine aufrechte Position und vergewissern Sie sich, dass die Ablage, die sich in der Rückenlehne Ihres Vordermanns befindet, nach oben geklappt und korrekt eingerastet ist.«

Das sollte zu schaffen sein, dachte Sydney ein wenig selbstgefällig. Der SD-6 hatte ihr ein Erste-Klasse-Ticket spendiert, einerseits ihrer Tarnung wegen, andererseits auch aus der Überlegung heraus, dass sie so Gelegenheit hatte, in dem komfortablen Ruhesitz noch ein wenig zu schlafen. Dessen ungeachtet hatte sie jedoch, aufgeregt, wie sie war angesichts ihrer ersten offiziellen Mission, zwischen den pausenlosen Filmvorführungen und den zahllosen Tassen Kaffee nicht einmal für fünf Minuten die Augen geschlossen. Es war ihr erster First-Class-Flug, doch sie hatte nicht lange gebraucht, um herauszufinden, dass man in dieser Klasse eine junge Dame niemals hungrig oder durstig sitzen ließ, oder ihr gar solch niedere Verrichtungen zumutete wie das Einstellen der Rückenlehne. Gerade in diesem Moment eilten die Stewardessen geschäftig durch den Mittelgang und boten den Passagieren mit silbernen Zangen heiße feuchte Handtücher an.

»Sehr geehrte Fluggäste, hier spricht Ihr Kapitän«, verkündete eine neue Stimme in Englisch über die Lautsprecher. »In Paris ist es jetzt Sonntag, Ortszeit 12 Uhr 22 p.m. Die derzeitige Außentemperatur beträgt achtzehn Grad Celsius. Wir hoffen, dass Sie einen angenehmen Flug hatten, und würden uns freuen, Sie auch in Zukunft als unsere Gäste begrüßen zu dürfen. Bitte folgen Sie während des Landeanflugs und der Landung den Anweisungen des Bordpersonals.«

Sydney verrenkte sich beinahe den Hals bei dem Versuch, von ihrem Platz aus zum Fenster hinauszuschauen. Ihr Magen sagte ihr, dass sie sich im Sinkflug befanden, doch alles, was sie sehen konnte, war der Himmel.

Ich wünschte, Francie wäre hier, dachte sie. Wie gern hätte sie diesen Moment mit ihr geteilt. *Hoffentlich redet sie überhaupt noch mit mir, wenn ich wieder zurück bin!*

Kurz vor ihrem Aufbruch aus Los Angeles hatte sie ihre Freundin angerufen, nachdem sie sich in aller Eile eine Erklärung für ihre plötzliche Abreise ausgedacht hatte. Francie hatte den Anruf in ihrem Auto entgegengenommen; sie war bereits auf dem Weg zum Strand gewesen.

»Ich soll im Auftrag der Bank am Wochenende für jemanden in San Diego einspringen«, hatte Sydney ihre Freundin angelogen. »Einer der Angestellten dort ist krank geworden und kurzfristig ausgefallen.«

»Und da schicken sie *dich*? An einem Samstag? Setzen dich einfach ohne Koffer in den erstbesten Flieger? Haben die denn da unten keine eigenen Leute?«

»Es ist ... eine Grippe-Epidemie. Fast die halbe Belegschaft liegt flach.«

»Na großartig«, hatte Francie sarkastisch geantwortet. »Sieh zu, dass es dich auch erwischt, und bring es mir mit.«

»Das ist eine einzigartige Chance für mich«, hatte Sydney sie zu beschwichtigen versucht. »Sei nicht sauer.«

»Ich *bin* aber sauer! Du hast versprochen, falls du es nicht mehr zum Strand schaffst, mit mir heute Abend auf die Party zu gehen.«

»Es tut mir Leid. Ich mach's wieder gut.«

Das Schweigen, das daraufhin folgte, hatte so lange gedauert, dass Sydney schon dachte, Francie hätte aufgelegt. Schließlich hatte Francie geseufzt. »Also gut. Wie lautet die Adresse?«

»Welche Adresse?«

»Die von deinem Hotel! Ich hoffe, sie haben dich in einem der besseren einquartiert, weil ich nämlich einen richtig geilen Swimmingpool erwarte. Die haben da doch einen Swimmingpool, oder?«

»Du ... äh ... willst nachkommen ... zu mir ins Hotel?«, hatte Sydney gestammelt und hätte sich selbst dafür ohrfeigen können, dass sie dies nicht vorausgesehen hatte. San Diego war gerade mal zwei Autostunden von Los Angeles entfernt. Mehr noch, der Ort war voller Studenten von gleich drei namhaften Colleges und darüber hinaus berühmt-berüchtigt für die Bars und Clubs im angrenzenden mexikanischen Tijuana, wo man Alkohol bereits ab achtzehn bekam. Sie und Francie waren einmal mit dem Wagen hinuntergedüst, um sich einen schönen Tag zu machen, hatten lauter nutzlosen Nippes eingekauft, auf der Avenida Revolución Tacos gegessen und auf dem Rückweg Richtung Norden mit ihren Roller Blades die Strandpromenade von Mission Beach unsicher gemacht. Sydney war bei ihrer Ausrede auf San Diego verfallen, weil sie ungefähr wusste, wie es dort aussah, für den Fall, dass Francie anfangen würde, Fragen zu stellen. An den offensichtlichen Schwachpunkt, den diese Notlüge in sich barg, hatte sie überhaupt nicht gedacht.

»Natürlich komme ich nach!«, hatte Francie erwidert. »Letztes Mal haben wir es nicht mehr geschafft, uns *SeaWorld* anzusehen, also wäre das doch für dich eine wunderbare Gelegenheit, die Sache wieder gutzumachen.«

»Aber ... du kannst nicht kommen«, war Sydney herausgeplatzt. »Ich muss die ganze Zeit arbeiten ... Unmengen von liegen gebliebenen Daten erfassen. Ich glaube nicht, dass ich überhaupt irgendwohin gehen kann.«

Wieder hatte Francie geseufzt. »Vielleicht können wir ja wenigstens abends zusammen essen gehen. Und uns danach ein wenig in den Clubs ...«

»Ich werde bis spät am Abend beschäftigt sein, und außerdem hab ich nur ein Einzelzimmer«, hatte Sydney in ihrer Verzweiflung weitergelogen. »Wenn sie rauskriegen, dass ich dich dort übernachten lasse, könnte ich ziemlichen Ärger bekommen.«

»Weswegen?«, hatte Francie bissig entgegnet. »Dafür, dass du so etwas wie ein Leben hast?«

»Es tut mir Leid. Es ist nur so, dass ...«

»Nein, mir tut es Leid«, war Francie ihr mit eisiger Stimme ins Wort gefallen. »Entschuldige bitte, dass ich so anmaßend war zu glauben, dir könnte etwas an meiner Gesellschaft liegen.«

Mir liegt sogar ziemlich viel an deiner Gesellschaft, dachte Sydney jetzt in diesem Augenblick. *Wenn nur die CIA nicht so strenge Geheimhaltungsvorschriften gegenüber Zivilpersonen hätte!*

Vereinzelt aufblitzende Farbtupfer zogen am Flugzeugfenster vorbei und lenkten Sydneys Aufmerksamkeit auf sich. Die ersten Gebäude kamen in Sicht. Dann die Landebahn. Die Triebwerke der Maschine heulten auf. Sydney hielt den Atem an, wartete, wartete ...

Dann setzte die Maschine mit einem heftigen Ruck auf dem Rollfeld auf.

Abermals drang die Stimme des Piloten aus den Bordlautsprechern: »*Mesdames et messieurs, bienvenue à Paris.* Ladies und Gentlemen, willkommen in Paris.«

Ungeduldig stand Sydney in einer der Warteschlangen ankommender Flugpassagiere und trat von einem Fuß auf den anderen.

Aus verschiedenen Verkehrsmaschinen waren so viele Menschen auf einmal in die Ankunftshalle geströmt, dass ihr die Zollabfertigung in beinahe unerreichbare Ferne gerückt schien. Geschäftsreisende, Touristen, Einheimische und Einwanderungswillige ... je größer die Menge wurde, umso beobachteter kam Sydney sich zwischen all diesen Leuten vor.

Sie rückte ihre Sonnebrille zurecht und versuchte, ihrer inneren Unruhe Herr zu werden – das Letzte, was sie wollte, war, irgendwelchen Argwohn erregen.

Ich wüsste zu gern, was mit meinem Koffer passiert, während ich mir hier die Füße in den Bauch stehe. Sie stellte sich vor, wie er gerade jetzt auf dem Gepäckkarussell unbeaufsichtigt seine Runden zog und mit seinem auffälligen, extravaganten Design förmlich danach schrie, geklaut zu werden. *Was würde ich in einem solchen Fall machen? Was sollte ich dann anziehen?*

Sie zwang sich, tief durchzuatmen. Das dicke Bündel Euroscheine, das Wilson ihr in die Hand gedrückt hatte, war sicher in dem Dokumentengürtel verstaut, den sie am Leibe trug; falls es nötig werden sollte, konnte sie sich jederzeit komplett neu einkleiden. Dummerweise war der Umstand, dass sie so viel Bargeld bei sich hatte, für sich allein gesehen bereits verdächtig genug. Die Vorstellung, dass jemand sie durchsuchen und dabei den ganzen Zaster finden würde, gefiel ihr überhaupt nicht. Sie verlagerte ihr Gewicht, seufzte verhalten, straffte sich ...

Der Zollbeamte stempelte einen Reisepass ab und widmete sich dem nächsten Einreisenden, der auf seine Abfertigung wartete.

Was, wenn mein falscher Name auffliegt?, fragte sich Sydney besorgt. Bei der Ausreise aus den USA hatte man nur einen flüchtigen Blick auf ihren getürkten Ausweis geworfen, doch dieser französische Beamte schaute offenbar genauer hin. Was würden sie mit ihr anstellen, wenn sie herausfanden, dass sie gar nicht Kate Jones war? Würde ihre Mission dann möglicherweise beendet sein, noch bevor sie richtig begann?

Der Zollbeamte stempelte einen weiteren Reisepass ab. Dann noch einen. Und noch einen. Sydney spürte, wie ihr der Schweiß den Rücken hinablief. Endlich war sie an der Reihe.

Der Beamte nahm ihren Ausweis entgegen und betrachtete mit kritischem Blick das Passfoto.

»Sie sind Amerikanerin?«, fragte er.

»Ja«, erwiderte Sydney, erleichtert darüber, dass er Englisch sprach.

»Nehmen Sie bitte die Brille ab.«

Sie schob die Sonnebrille zurück und gab sich Mühe, einen unbekümmerten Eindruck zu machen, während er ihr Gesicht musterte. Angesichts des peniblen Eifers, den er dabei an den Tag legte, war sie froh, dass sie keine Perücke trug.

»Der Grund für Ihren Aufenthalt in Frankreich?«, fragte er.

»Urlaub.«

Er hob seine angegrauten Augenbrauen. »Sie treffen hier jemanden?«

Sydneys Herz machte einen kleinen Satz. Hatte sie einen Fehler begangen? War es womöglich schon verdächtig, allein zu reisen?

»Ähm, ja. Eine Freundin«, antwortete sie nervös. »Sie lebt in Paris.«

»Wie lautet ihre Adresse?«

»Ich ... ich hab sie nicht bei mir. Sie wollte mich mit dem Auto abholen. Wahrscheinlich steht sie schon draußen und wartet auf mich.«

Abermals sah der Mann sie prüfend an. Sydney musste alles aufbieten, was sie beim SD-6 gelernt hatte, um seinem Blick standzuhalten.

»Wie lange werden Sie bleiben?«, fragte er schließlich.

»Eine Woche.« Das Ticket, das Wilson ihr ausgehändigt hatte, umfasste Hin- und Rückflug, Letzterer datiert auf sieben Tage nach Ankunft. Sie könne später immer noch umdisponieren, hatte er gesagt, doch ein einfaches Hinflugticket würde möglicherweise Verdacht erregen.

»Haben Sie den Rückflug bereits gebucht?«

Sydney nickte erleichtert.

»Dürfte ich das Ticket sehen?«

Sie kramte das Flugscheinheft aus ihrer Tasche, damit rechnend, dass der Zollbeamte es ebenso gründlich inspizierte wie alles andere. Doch der Mann warf lediglich einen flüchtigen Blick darauf und ließ seinen Stempel auf ihren Reisepass krachen.

»Angenehmen Aufenthalt«, sagte er. »Der Nächste!«

Mühsam den Impuls unterdrückend, auf und ab zu hüpfen, ließ Sydney die Zollabfertigungsstelle hinter sich und begab sich zur Gepäckausgabe. Ihr Koffer fuhr gemächlich Karussell und hatte die Zeit der Einsamkeit dem Anschein nach unbeschadet überstanden.

Ich hab's geschafft!, frohlockte sie in Gedanken, während sie das Gepäckstück vom Förderband zerrte. Jetzt, im Rückblick, sah alles so einfach aus, dass sie überhaupt nicht verstehen konnte, warum sie sich solche Sorgen gemacht hatte.

Den eleganten, mit Rollen versehenen Koffer hinter sich herziehend, schlug Sydney die Richtung ein, in der die meisten Leute verschwanden. In der Menschenmenge fiel es überhaupt nicht mehr auf, dass sie allein unterwegs war, und auch ihren Designer-Klamotten schien niemand besondere Beachtung zu schenken. Schließlich war sie in Paris, der Welthauptstadt der Mode, und extravagante Frauen gab es hier wie Sand am Meer. Sydney sah sie überall, wie sie auf hochhackigen Schuhen durch die Halle stolzierten, auf Französisch und in einer Geschwindigkeit, der wohl nur Einheimische zu folgen vermochten, aufeinander einplapperten, sich links und rechts zur Begrüßung Küsschen gaben oder ihre Geliebten empfingen – mit Küssen allerdings ganz anderer Art, die durch die Franzosen zu weltweiter Berühmtheit gelangt waren ...

Die Stadt der Liebe, dachte Sydney wehmütig.

Es war nicht etwa so, dass sie keinen Freund wollte. Doch bis vor gar nicht allzu langer Zeit hatte es für sie so ausgesehen, als wäre sie für alle Typen, die sie auch nur halbwegs interessant fand, schlichtweg unsichtbar. Und nun, da sie allmählich anfingen, von ihr Notiz zu nehmen, gab es niemanden, aus dem sie sich irgendetwas machte.

Na ja, bis auf einen vielleicht. Allerdings kenne ich Noah Hicks kaum.

Agent Hicks war etwa sechs oder sieben Jahre älter als Sydney und nahm beim SD-6 eine viel zu hochrangige Stellung ein, um sich mit einem einfachen weiblichen Rekruten abzugeben. Aber das hatte Sydney nicht davon abgehalten, bei jeder sich bietenden Gelegenheit zu versuchen, mehr über ihn in Erfahrung zu bringen. Rein optisch wirkte er ebenso attraktiv wie draufgängerisch – ein bisschen wie der süße Typ von nebenan, der bei einer Prügelei kräftig mitgemischt und ordentlich eingesteckt hatte –, doch der Grund, warum Sydney sich zu ihm hingezogen fühlte, war nicht sein gutes Aussehen. Es war seine Ausstrahlung, die Art und Weise, wie er sich bewegte, wie er ging, immer ein wenig aufrechter als die anderen und immer eine Winzigkeit schneller. Selbst wenn er lachte, blieben seine durchdringenden braunen Augen stets wachsam. Und als sie ihn zum ersten Mal gesehen hatte, während eines Krav-Maga-Trainings beim SD-6, war sie von der Präzision und Kraft seiner Tritte und Schläge fasziniert gewesen.

Das ist ein Mann, erinnerte sie sich des ersten Gedankens, der ihr damals durch den Kopf gegangen war, *keiner dieser Milchbärte vom College.* Noch jetzt, als sie durch die Ankunftshalle des Orly-Flughafens schritt, schoss ihr bei der Erinnerung die Röte ins Gesicht.

Sie hatte nur ein einziges Mal mit Noah gesprochen, und das auch nur ganz kurz. Er hatte zu dem Team gehört, das sie vor der Halle eingesammelt hatte, als die Dinge nach dem Sandoval-Konzert eskaliert waren. Damals hatte er ihr gerade mal seinen Namen genannt und sich dann sogleich die Verletzung an ihrer Hand angesehen. Ein physischer Kontakt, wie er flüchtiger kaum sein konnte – und doch allemal ausreichend, um der Frage Nährboden zu geben, ob es vielleicht doch mehr sein konnte als rein berufliches Interesse, was er für sie empfand? Und nun hielt sie jedes Mal, wenn sie sich im Hauptquartier des SD-6 befand, Ausschau nach einem Typen mit kurzem, gewelltem braunem Haar, einer ungewöhnlichen Narbe unter dem Kinn und einem Charisma, das bereits den Raum erfüllte, während er selbst noch draußen stand.

Nachdem sie endlich den Ausgang erreicht hatte, trat Sydney aus dem Terminal und schaute blinzelnd in die Sonne eines milden Pariser Nachmittags.

Wartende Taxis schoben sich Stoßstange an Stoßstange voran, während ein Flughafenangestellter die aus dem Gebäude strömenden Fahrgäste ordnungsgemäß dem nächsten freien Wagen zuwies. Sydney steuerte das Taxi an, das der Geste des Mannes nach offenbar ihr zukam. Sogleich sprang der Fahrer heraus, um ihr das Gepäck abzunehmen, wofür Sydney ihm aufrichtig dankbar war.

»*Merci beaucoup*«, sagte sie, nachdem er ächzend ihren Koffer im hinteren Teil des Wagens verstaut hatte.

Er lächelte und stieß irgendetwas auf Französisch hervor.

»Ähm ... *Plaza Athénée*«, entgegnete Sydney in der Hoffnung, dass er sie nach der Adresse gefragt hatte, zu der er sie bringen sollte.

Offenbar schien ihn die Antwort zufrieden zu stellen. Dergestalt ermutigt begann er, während er die hintere Fahrgasttür öffnete und ihr beim Einsteigen behilflich war, munter draufloszuschwatzen, und die ganze Zeit über, die er benötigte, um sich hinters Lenkrad zu klemmen und in den fließenden Verkehr einzufädeln, riss die leider etwas einseitig verlaufende Konversation nicht ab.

»*Je suis désolée. Je ne parle pas français*«, warf Sydney irgendwann mit einem verlegenen Lächeln ein, womit sich auch bereits ihr gesamtes Repertoire an zusammenhängenden französischen Sätzen restlos erschöpfte.

Doch obgleich sie ihn soeben davon in Kenntnis gesetzt hatte, dass sie des Französischen nicht mächtig war, lachte der Mann nur und redete hemmungslos weiter. Sydney nahm an, dass er ihr einen Vortrag über die Gegend hielt, durch die sie gerade fuhren, doch ebenso gut hätte er ihr einen schmutzigen Witz erzählen können, sie hätte den Unterschied nicht gemerkt. Zuerst versuchte sie noch angestrengt, in dem Wortschwall die eine oder andere bekannte Vokabel auszumachen, doch bald schon nahmen die Bilder, die draußen an ihr vorüberzogen, sie so sehr gefangen, dass das Geplapper des Fahrers über sie hinwegwehte wie ein sanfter Frühlingswind. Sie war in Paris, und jemand sprach auf Französisch zu ihr, und auch wenn sie nichts von dem, was der Mann ihr erzählte, verstand, was spielte das schon für eine Rolle? Sie würde einfach alles gierig in sich aufsaugen und die neue Erfahrung genießen.

Die Autobahn, auf der sie das Flughafengelände verlassen hatten, wich bereits nach kurzer Zeit dem verwirrenden Verkehrsnetz einer Metropole, das immer labyrinthartiger wurde, je näher sie der Innenstadt kamen. Nicht eine Straße schien im rechten Winkel abzuzweigen und jede Kreuzung Dreh- und Angelpunkt einer völlig außer Rand und Band geratenen Blechlawine zu sein. Autos schossen von allen Seiten in den Kreisverkehr hinein und rasten, häufig begleitet von lautem Reifengequietsche und wütendem Gehupe, in irgendeine andere Richtung wieder hinaus. Offenbar wussten die Autofahrer von Paris ganz genau, wohin sie wollten – und erwarteten von jedem anderen Verkehrsteilnehmer, unverzüglich Platz zu machen.

Schließlich gab Sydney es auf, sich den verworrenen Weg, den der Taxifahrer durch das Großstadtgewimmel nahm, merken zu wollen und konzentrierte sich stattdessen auf die Sehenswürdigkeiten, die sich ihren Blicken boten. Einen Friedhof und mehrere Parks hatte sie bereits entdeckt; nun fuhr das Taxi eine breite Allee entlang, die von pittoresken Geschäften gesäumt wurde. Kirchturmspitzen erhoben sich hoch über die Dächer der Stadt und erinnerten an die glanzvolle Geschichte dieses Brennpunkts der Alten Welt.

Ich wünschte, wir könnten am Eiffelturm vorbeifahren, dachte sie, doch sie widerstand der Versuchung, den Fahrer zu bitten, einen kleinen Umweg zu machen. Ihre Rolle war die einer reichen, weltgewandten Touristin; sie musste unbedingt damit aufhören, wie ein Landei aus dem Fenster zu glotzen. *Vielleicht komme ich später dazu, ihn mir anzusehen,* tröstete sie sich selbst. *Und den Louvre, und die Seine, und Notre Dame ...*

Vielleicht habe ich aber auch keine einzige freie Minute und werde gar nichts sehen.

Frustriert lehnte sich Sydney in ihrem Sitz zurück. Was auch immer sie für Wilson in Paris erledigen sollte, es war ganz gewiss wichtiger als Sightseeing. Sie fuhr sich mit den Fingern über das Schlüsselbein und ertastete ihr winziges neues Muttermal. Die Hightech, die sich unter der kleinen Hautunebenheit verbarg, gab ihr ein Gefühl von Sicherheit.

»*Voici la Tour Eiffel*«, verkündete in diesem Moment der Fahrer und zeigte auf die Windschutzscheibe.

Sydney rutschte auf dem Rücksitz so weit nach vorn, wie es ging. Dort, weit vor ihnen, erhob sich eine verwinkelte Struktur aus Eisenträgern in den Himmel, die anderen Gebäude der Stadt überragend wie ein riesiges Ausrufezeichen.

»Jetzt weiß ich, dass ich wirklich in Paris bin.« Zufrieden seufzte sie auf.

Der Mann lachte und begann etwas herunterzurasseln, von dem sie annahm, dass es sich um Fakten und Geschichten rund um das weltbekannte Wahrzeichen der Stadt handelte. Und die ganze Zeit über hielten sie genau darauf zu, bis die Antennenspitze aus ihrem Blickfeld verschwand und die weit gespannten mächtigen Stützkonstruktionen am Boden in Sicht kamen. Schließlich waren sie so nah herangekommen, dass sie das Fenster herunterkurbeln und den Kopf hinausstecken musste. Weit, weit hinauf wuchs der berühmte eiserne Turm, so gewaltig und hoch, dass es schlichtweg überwältigend war.

Jäh bog das Taxi in eine abzweigende Straße ein und gleich darauf in die nächste. Dann gelangten sie auf eine Brücke.

La Seine«, erklärte der Fahrer stolz und lächelte Sydney im Rückspiegel an. Sie fuhren über einen der berühmtesten Flüsse der Welt.

Die Seine, mehr grün als blau, lag glitzernd im Sonnenschein, und farbenprächtige Schiffe und Boote bevölkerten den Strom auf ganzer Breite flussauf und flussab. Die Ufer waren beinahe restlos mit Gebäuden und Gehwegen erschlossen, dennoch verbreitete der Fluss immer noch seinen unverwechselbaren Charme. Auch einige Grünflächen und Anlegestellen konnte Sydney erkennen, und in der Ferne ein paar weitere Brücken.

Am anderen Ufer des Flusses angekommen, änderte der Taxifahrer abermals die Richtung, bog in eine im spitzen Winkel abgehende Straße ein und hielt kurz darauf vor einem beeindruckenden Hotelpalast an. Über jedem einzelnen Fenster des aus honigfarbenem Backstein errichteten mehrstöckigen Gebäudes flatterte eine rote Markise im Wind, und große Kästen mit farblich dazu abgestimmten Blumen schmückten die Balustrade eines jeden Balkons. Die beiden massiven, unregelmäßig geformten Kuppeln, die den Eingangsbereich des Hotels überdachten, wirkten auf Sydney wie die aufgeklappten Hälften einer riesigen Auster.

Der Taxifahrer drehte sich zu ihr herum. »*Nous voici! Plaza Athénée!*«, sagte er und wies nicht ohne Stolz auf das prächtige Quartier.

Im nächsten Moment war bereits der Hotelportier zur Stelle, um ihr beim Aussteigen zu helfen. Wie benommen bezahlte Sydney das Taxi, während ihr Gepäck bereits aus dem Kofferraum geholt wurde und seinen Weg in die Nobelherberge nahm.

»*Merci*«, sagte sie zu dem Fahrer und gab ihm ein großzügiges Trinkgeld. »*Au revoir.*«

Der Mann hob zum Abschied die Hand und stieg wieder in seinen Wagen. »Einen schönen Aufenthalt noch!«, rief er und brauste davon.

»Er kann Englisch!«, stöhnte Sydney, als ihr klar wurde, dass der Taxifahrer sie die ganze Zeit zum Narren gehalten hatte. Wenn sie daran dachte, was ihr auf der Fahrt hierher alles an Informationen durch die Lappen gegangen war, wurde ihr ganz schlecht. Vielleicht hätte sie ihn einfach darum bitten sollen, Englisch zu sprechen ...

In Zukunft wird der erste Satz, den ich in einer Fremdsprache lerne, ›Sprechen Sie Englisch?‹ sein, nahm sie sich vor. *Und je eher, desto besser.*

Am Hoteleingang hielt der Portier immer noch die Tür für sie auf. Den Taxifahrer Taxifahrer sein lassend, schritt sie unter den beiden »Muschelhälften« hindurch auf das gläserne Doppelportal zu.

Das Interieur des *Plaza Athénée* war noch weitaus luxuriöser, als das Äußere versprach. Unwillkürlich zog Sydney die Luft ein, als sie das prachtvolle Foyer betrat. Sie kam sich vor wie Aschenputtel auf dem Festball. Das konnte doch nicht sein, dass sie hier wohnen sollte. Wilson hatte nicht gelogen, als er das *Athénée* als »piekfein« bezeichnete, aber ihrem ersten Eindruck nach war das Hotel bei weitem mehr als nur das. Von allen Seiten wehte ihr der Hauch von Vergangenheit entgegen, von Tradition, von Paris und von Haute Couture. Einen kurzen Augenblick lang zögerte sie, kam sich wie ein Eindringling vor. Doch dann warf sie den Kopf zurück, strich sich noch einmal über ihren Chanel-Pullover und begab sich entschlossen zur Rezeption.

»Hallo«, warf sie dem Empfangschef entgegen, selbst ein wenig überrascht von dem leicht herrischen Tonfall in ihrer Stimme. »Ich habe ein Zimmer reserviert. Carrie Wainwright.«

»Oh, Mrs. Wainwright!«, erwiderte der Mann. »Herzlich willkommen im *Plaza Athénée*. Ich werde sogleich den Pagen anweisen, Sie in Ihre Suite zu führen.«

Sydney schenkte dem Empfangschef ein wohlwollendes Lächeln und folgte gnädig dem herbeigeorderten Pagen, doch ihr Herz und ihre Gedanken schienen miteinander um die Wette zu rasen, als sie den Fahrstuhl betrat.

Hat der Typ mich gerade Mrs. Wainwright genannt?

Wenn Carrie Wainwright als verheiratete Frau auftreten sollte, hätte Wilson es sicher erwähnt. Zudem war die Muttersprache des Hotelangestellten zweifellos Französisch. Wahrscheinlich hatte er sich ganz einfach nur versprochen.

Natürlich, dachte Sydney erleichtert. *So muss es sein.*

Ihre Absätze sanken bei jedem Schritt tief in den Teppich ein, während sie dem Pagen durch den Hotelflur folgte, und das Gehen fiel ihr zunehmend schwerer. Allmählich begannen der Zwölf-Stunden-Flug, die neun Stunden Zeitverschiebung und die Tatsache, dass sie seit einer halben Ewigkeit kein Auge mehr zugetan hatte, ihren Tribut zu fordern, während das Koffein und die Aufregung, die sie bislang wach gehalten hatten, sich komplett verflüchtigt zu haben schienen und sie zurückließen wie eine bis zum Zerreißen gespannte Saite.

»*Voilà.*« Der Hotelpage blieb vor einer der Türen stehen. Dann klopfte er zu Sydneys Verwunderung an.

Was glaubt er, wer uns hereinbitten wird?

Eine Sekunde später wurde ihre Frage beantwortet, als ein Mann von innen weit die Tür aufriss.

»Hallo, Liebling!«, rief er, trat auf den Flur hinaus und drückte ihr auf jede Backe ein Küsschen. »Hattest du einen angenehmen Flug?«

Für einen Moment war Sydney sprachlos, ja, fast geschockt. »Aber ...«

»Was aber? Wen hast du denn erwartet? Deinen *anderen* Ehemann vielleicht?«, fragte er augenzwinkernd und lachte, wohl eher dem Hotelpagen zuliebe.

Nachdem er dem Pagen rasch ein Trinkgeld in die Hand gedrückt hatte, manövrierte er Sydney mit sanftem Nachdruck in das Zimmer und schloss die Tür. Erwartungsvoll drehte er sich zu ihr um, doch das Einzige, wozu sie in der Lage war, bestand darin, ihr Gegenüber sprachlos anzustarren.

»Sie wirken überrascht«, sagte er ruhig.

Überrascht? Das ist noch harmlos ausgedrückt.

Ihr neuer Partner war Noah Hicks.

KAPITEL 3

»Ich hab uns etwas Obst und ein paar Sandwiches bringen lassen«, sagte Noah, während Sydney ihm in den Wohnraum folgte.

Auf dem Louis-quinze-Tischchen, das vor einem Samtsofa stand, lag ein großes silbernes Tablett. »Ich dachte, Sie würden vielleicht Hunger haben nach der langen Reise.«

»Vielleicht später«, entgegnete Sydney zerstreut. Das Essen ignorierend, ging sie zu dem großen, gewölbten Fenster hinüber, zog die Seidenvorhänge zurück und schaute hinaus. Der Ausblick verschlug ihr beinahe den Atem. »Man kann den Eiffelturm sehen!«

»Nett, nicht wahr?« Noah trat hinter sie. »Vom Balkon aus haben wir die gleiche Aussicht.«

»Und erst das Zimmer!«, fuhr sie fort. »Haben Sie schon mal in so einem Zimmer gewohnt?«

Die in warmem Gelbton gehaltenen Wände hingen voller Ölgemälde, Originale selbstverständlich. Die Möbel waren ganz im Stil des achtzehnten Jahrhunderts gehalten – dunkles Holz mit Blattgold akzentuiert –, dazu kostbare Stoffe in Rot, Bernstein und Rosé. Seidenkissen, kunstvoll gemusterte Teppiche und antike Kandelaber, bei deren Anblick Sydney geradezu ins Schwärmen geriet, rundeten das einzigartige Pariser Ambiente ab.

»Es ist kein Zimmer, es ist eine Suite«, erwiderte er. »Mit zwei Bädern, und warten Sie erst mal, bis Sie die Badewanne aus Marmor gesehen haben. Ich überlasse sie Ihnen gern.«

Sein Angebot holte sie in die Realität zurück.

»Moment mal! Soll das heißen, wir *teilen* uns das Zimmer?«

»Suite«, korrigierte sie Noah. »Und ich werde auf der Couch dort drüben schlafen, bevor etwaige Missverständnisse entstehen. Warum setzen Sie sich nicht einfach hin und lassen mich Ihnen alles erklären?«

Bereitwillig nahm Sydney in einem der feudalen Sessel Platz. Sie brannte darauf, mehr über ihre Mission zu erfahren.

»Wie Sie ja bereits bemerkt haben«, begann er, »sind wir als Ehepaar unterwegs. Also ist es unabdingbar, dass wir auch in der gleichen Hotelsuite wohnen, selbstredend aus rein der Sache dienlichen Gründen. Sie werden im Schlafzimmer schlafen, und die Tür wird geschlossen sein. Sie brauchen sich also keine Sorgen zu machen, dass es zu irgendwelchen unprofessionellen Zwischenfällen kommt.«

Sydney nickte. »Gut zu wissen.«

Obwohl sie gleichzeitig nicht umhin kam, sich insgeheim einzugestehen, dass sie einem *kleinen* unprofessionellen Zwischenfall gar nicht abgeneigt wäre. *Wenn, nur mal angenommen, die Zukunft unseres Landes davon abhinge, dass Noah mich küssen würde, könnte ich damit wahrscheinlich durchaus klarkommen.*

»Gibt es ein Problem?«, fragte er in die entstandene Pause hinein.

»Wie bitte? Nein!«

»Sie machen so ein komisches Gesicht. Geht es Ihnen gut?«

»Bestens.«

»Es war ein langer Flug. Sie sollten etwas essen. Wa-

rum nehmen Sie sich nicht eins von den Sandwiches?«
Er wirkte so aufrichtig besorgt, dass sie schließlich doch eines der krustenlosen Weißbrotdreiecke, die unter der Frischhaltefolie ihrem Verzehr entgegensahen, nahm.

Dass Noah Hicks faszinierend, selbstbewusst und in seinem Job ein Profi war, hatte sie bereits gewusst; doch dass er auch eine liebevoll fürsorgliche Seite besaß, war neu – und nahm sie nur noch mehr für ihn ein.

»Sie waren gerade dabei, mir etwas über unseren Auftrag zu erzählen«, erinnerte sie ihn zwischen zwei Bissen.

»Richtig. Nun ja, falls Sie sich in dieser Stadt nicht so gut auskennen, mag es Ihnen vielleicht entgangen sein, dass wir uns hier mitten im Herzen der Pariser Modewelt befinden. Dem SD-6 liegen Informationen vor, dass eines der neueren Haute-Couture-Häuser, der Salon Monique Larousse, dem K-Direktorat höchstwahrscheinlich als Geldwaschanlage dient. Die Einnahmen des Hauses weisen gravierende Diskrepanzen hinsichtlich des Umsatzes auf, und letzte Woche wurde ein uns bekannter Agent des K-Direktorats, ein ziemlich übler Bursche namens Alek Anatolii, dabei beobachtet, wie er dort hineinging, jedoch nicht wieder herauskam.«

»Was ist mit ihm geschehen?«, fragte Sydney und rutschte nach vorn auf die Sesselkante. »Sie meinen doch nicht ... Sie glauben doch nicht, dass er *umgebracht* wurde?«

Noah lachte. »Das wäre zu schön, um wahr zu sein.«

Der Ausdruck auf ihrem Gesicht musste ihm verraten, wie schockiert sie war.

»War nur Spaß!«, sagte er rasch »Ich meine, irgendwie auch wieder nicht. Okay ... wenn ich über sein Ableben nicht in Tränen ausbrechen würde, wäre ich dann ein schlechter Mensch?«

»Es wundert mich, Sie so reden zu hören.«

»Wenn Sie Anatolii kennen gelernt haben, werden Sie sich nicht mehr wundern. Hoffen wir, dass er nicht wieder auftaucht.«

Noahs grimmig zusammengepressten Lippen ließen Sydney jeden weiteren Einwand hinunterschlucken.

»In der Zwischenzeit«, fuhr Noah fort, »werden Sie und ich diesem Modehaus Monique Larousse ein wenig genauer auf den Zahn fühlen. Bislang wurde es beim SD-6 nur unter ferner liefen geführt und entsprechend locker überwacht. Jetzt allerdings ist es allmählich an der Zeit, dass wir uns den Laden mal von innen ansehen – und genau da kommen Sie ins Spiel.«

»Was soll ich tun, Noah?«, fragte sie gespannt.

»Zuerst einmal mich Nick nennen. Nick Wainwright. Ich habe durchblicken lassen, dass ich einer von diesen kalifornischen Dot-com-Millionären bin. Und Sie sind Carrie, mein verwöhntes Luxusfrauchen.«

»Wie nett«, meinte sie sarkastisch.

»Alles bloß Tarnung. Nebenbei bemerkt, es gibt Schlimmeres, als mit einem Millionär verheiratet zu sein. Habe ich Sie nicht extra nach Paris einfliegen lassen, nur um Sie mit einer komplett neuen Garderobe auszustatten?«

»Darf ich die Sachen etwa behalten?«

Er lächelte angesichts dessen, wie schnell sie ihn durchschaute. »Wohl kaum. Nichtsdestotrotz haben wir morgen früh bei Monique Larousse einen Termin. Man wird Ihnen die neueste Kollektion vorführen und gegenenfalls ein paar Änderungen vornehmen – und je länger sie dafür brauchen, umso besser. In Wirklichkeit geht es jedoch nur darum, sich dort ein wenig umzusehen und diesen Leuten so viele Wanzen und Minikameras in den Pelz zu setzen wie möglich. Die Hauptarbeit fällt dabei Ihnen zu, da Sie fraglos mehr Gelegenheit dazu haben werden als ich. Ich werde mich irgendwo hinsetzen, vermutlich auf den Stuhl, der für gelangweilte Ehemänner reserviert ist, und auf Sie warten, für den Fall, dass Sie Unterstützung benötigen.«

»Unterstützung?«, hakte sie beunruhigt nach. »Was für eine Art von Unterstützung könnte denn Ihrer Meinung nach notwendig werden?«

»Wahrscheinlich gar keine. Ich habe noch nie jemanden gesehen, der weniger verdächtig wirkte als Sie. Nehmen Sie noch Ihr jugendliches Alter hinzu, und die Sache sollte ohne große Komplikationen über die Bühne gehen. Reine Aufklärungsarbeit, keine Probleme.«

Sie lächelte, obwohl sie die Anspielung auf ihr Alter irgendwie überflüssig fand. Tatsächlich wäre es ihr lieber gewesen, Noah hätte die Tatsache, dass sie um etliche Jahre jünger war als er, einfach vergessen. »Also hab ich im Grunde genommen nicht viel mehr zu tun, als ein paar Luxusfummel anzuprobieren?«

»Genau. Lassen Sie sich alles zeigen, was sie haben. Dann verlangen Sie, sich in einem anderen Spiegel zu betrachten, danach unter einem anderen Licht. Schließlich möchten Sie das Bad benutzen, einen Blick in die Schneiderwerkstatt werfen und natürlich unbedingt wissen, was sich in dem niedlichen kleinen Zimmer gleich um die Ecke verbirgt ... Ist Ihnen das Ziel Ihres Auftrags klar geworden?«

»Klar. Ich lass mir das ganze Gebäude zeigen, ob diese Herrschaften wollen oder nicht.«

»Das ist mein Mädchen«, sagte Noah und zwinkerte verschwörerisch. Er erhob sich und griff nach einer schwarzen Leinentasche, die neben dem Sofa stand. »Ich hab hier was für Sie.«

Er zog ein Schmuckkästchen hervor, öffnete es und gab

damit den Blick frei auf ein sündhaft teures Kollier, gebettet auf mitternachtsblauem Samt. Funkelnde Diamanten von unterschiedlichster Größe tropften von einer mehrreihigen Kette aus Platin und zauberten ein Stück Sternenhimmel hinab auf die Erde.

»Für mich?«, stieß Sydney völlig überwältigt hervor. Sie und Noah kannten sich kaum, und nun *das* ... Ihr Herz raste so schnell, dass sie beinahe das Atmen vergaß.

»Gefällt's Ihnen?«, fragte er mit einem umwerfend charmanten Grinsen. »Wenn Sie gestatten.«

Er hatte den Verschluss bereits geöffnet, und noch bevor Sydney dazu kam, irgendeinen klaren Gedanken zu fassen, beugte er sich zu ihr vor und legte ihr die Kette um den Hals.

»Vielleicht möchten Sie Ihr Haar etwas zur Seite nehmen«, sagte er.

Gehorsam umfasste Sydney ihren langen Haarschopf und zog ihn aus dem Nacken. Während Noah versuchte, das Kollier zu schließen, war ihr Gesicht halb in seinem Hemd verborgen. Sie konnte die Seife riechen, die er benutzte, den Duft seiner angenehm warmen Haut ...

»Perfekt!«, verkündete er und trat einen Schritt zurück. »Das ist der wundervollste Sender, den ich je gesehen hab.«

»Sender?«, wiederholte Sydney lahm.

»Unser guter Graham ist ein Genie. Ein bisschen Silber hier, ein bisschen Zirkonium da, und fertig ist der Lack. Sieht echt aus, oder?«

»Ähm, ja.« Der Schmuck war lediglich Spionagegerät. *Was ich selbstverständlich wusste,* sagte sie sich rasch. *Was auch sonst!*

»Graham ist der Beste«, fuhr Noah unbekümmert fort. »Wenn ich Sie zum Beispiel noch niemals zuvor gesehen hätte, würde ich im Leben nicht darauf kommen, dass dieses Muttermal ein Fake ist.« Mit einem raschen Handgriff riss er den falschen Leberfleck herunter wie ein altes Heftpflaster.

»Hey, Wilson hat ihn mir dorthin geklebt!«, protestierte Sydney und versuchte, seine Hand festzuhalten. »Es ist ein Peilsender.«

»Ich weiß, was das ist. Und Sie brauchen ihn nicht mehr. Wilson hat längst mitbekommen, dass Sie heil angekommen sind, und solange Sie hier sind, trage ich für Sie die Verantwortung. Das Letzte, was wir gebrauchen können, ist, dass jemand anders das Signal auffängt und jeden unserer Schritte überwacht.«

»Oh.« Darüber hatte sie noch gar nicht nachgedacht.

»Ich werde ihn in die Toilette werfen.« Noah begab sich Richtung Tür, doch dann drehte er sich noch einmal zu ihr um. »Möchten Sie vielleicht irgendwas anderes essen? Der Zimmerservice ist rund um die Uhr für Sie da. Lassen Sie sich von mir aus einen exotischen Eisbecher oder Kaviar bringen. Bestellen Sie, wonach immer es Sie gelüstet. Je mehr wir mit der Kohle um uns werfen, umso besser für unsere Tarnung.«

Sydney rang sich ein Lächeln ab, doch allmählich übermannte sie die Erschöpfung. »Ich hätte nichts dagegen, wenn mir jemand ein Aspirin bringen würde.«

Mit ein paar raschen Schritten war Noah wieder bei seiner schwarzen Tasche, kramte einen Moment lang darin herum und reichte ihr schließlich ein kleines Pillenfläschchen. »Kopfschmerzen, was?«, meinte er mitfühlend. »Wundert mich gar nicht. Haben Sie im Flugzeug geschlafen?«

»Nicht wirklich.«

»Schaffe ich auch nie. In aller Öffentlichkeit schlafen ... nicht gerade die klügste Idee für jemanden in unserem Geschäft.«

»Stimmt.« Noch etwas, worüber sie noch gar nicht nachgedacht hatte.

»Wenn Sie keinen Hunger haben, warum gehen Sie nicht ins Bett?«, schlug er vor. »Es kann nicht schaden, sich für morgen noch etwas auszuruhen. Das Schlafzimmer gehört Ihnen – packen Sie einfach Ihre Sachen aus und fühlen Sie sich wie zu Hause.«

»Ich muss nicht ins Bett«, wies Sydney seinen Vorschlag mit Nachdruck zurück. Es war früher Abend, und draußen begann es gerade zu dämmern. »Ich nehm einfach zwei Aspirin und ruhe mich für ein paar Minuten aus. Ich schätze, ich habe nur etwas Jetlag.«

»Lassen Sie sich Zeit. Ich habe nicht vor, in absehbarer Zeit irgendwohin zu gehen.« Noah hielt das unechte Muttermal in die Höhe. »Außer um das hier zu entsorgen. Soll Wilson ruhig mal eine Weile in die Kanalisation hineinlauschen«, fügte er grinsend hinzu.

»Er würde doch nicht wirklich …«, setzte sie besorgt an.

»Nicht mal für fünf Minuten. Würden Sie sich jetzt bitte entspannen? Ich kümmere mich nun um alles Weitere.«

Sydney wartete, bis er hinausgegangen war, dann stand sie auf, schleifte ihren Rollkoffer ins Schlafzimmer und schloss hinter sich die Tür. Das sperrige Gepäckstück schien seit dem Abflug von L. A. noch schwerer geworden zu sein, der Schnappmechanismus der Schlösser beinahe zu kompliziert für ihre fahrigen Finger. Schließlich machte sie sich daran, ihre teuren neuen Kleider aufzuhängen, damit sie nicht noch mehr zerknitterten, als sie es ohnehin schon waren. Was nicht aufgehängt werden musste, landete auf dem Boden, da der Gedanke, die Regale und Schubladen eines wildfremden Kleiderschranks zu benutzen, ihr auf einmal Widerwillen bereitete.

Hat Zeit bis später, dachte sie und ließ sich auf das luxuriöse Bett fallen. Die Bezüge von Kissen und Oberbett waren ebenso ausgesucht wie der Rest der Suite, doch Sydney war zu müde, um es überhaupt zu bemerken. Selbst die prächtigen Orchideen, die in einer Vase auf dem Nachttisch standen, nahm sie lediglich am Rande wahr. *Mein armer Kopf! Wo hab ich nur das Aspirin hingelegt?*

Ihr war klar, dass sie eigentlich aufstehen und das Zeug suchen sollte, doch sie lag bereits wie ein Stein auf der Matratze. Abgesehen davon stand ihr der Sinn viel mehr danach, Francie anzurufen. Ihr neues Mobiltelefon steckte immer noch in der Tasche ihres Pullovers. Sie zog es hervor, klappte das Gerät auf und ließ ihren Blick nachdenklich auf den schwarzen Tasten ruhen.

Ich muss irgendeine Geschichte erfinden, die sie mir abnimmt, grübelte sie. Sie hasste es, ihrer Freundin etwas vorzumachen, vor allem wenn sie das Bedürfnis hatte, sie an jeder Kleinigkeit teilhaben zu lassen. Wie gern hätte sie Francie vom SD-6 erzählt, von Wilson und von Paris und von dem Grund dafür, warum alle naselang ihr »Bank«-Piepser losging. Doch am meisten verlangte es sie danach, ihr von Noah zu berichten.

Vielleicht kann ich die Geschichte so verpacken, dass ich auf dieser Geschäftsreise einen unheimlich netten Kollegen kennen gelernt habe. Das klingt doch einigermaßen unverfänglich. Auch Bankangestellte verknallen sich dann und wann. Allerdings ... wie spät ist es eigentlich gerade in L. A.?

Erschöpft, wie sie war, erschien ihr die simple Aufgabe, die aktuelle Uhrzeit in L. A. zu ermitteln, beinahe unlösbar. Sie versuchte es trotzdem.

Wenn der Flug von Los Angeles nach Paris zwölf Stunden dauert und wir in Paris neun Stunden weiter sind ... Nein, Moment. Es spielt natürlich keine Rolle, wie lang der Flug gedauert hat. Ich brauche einfach nur neun Stunden von der hie-

sigen Ortszeit abzuziehen. Allerdings erhalte ich, wenn es hier sechs oder sieben Uhr abends ist, eine Negativzahl. Halt, ich hab's. Zuerst muss ich zwölf addieren, um auf 24-Stunden-Zeit umzurechnen. Dann subtrahiere ich ...

Das Telefon fest umklammert schlief sie ein.

KAPITEL 4

Jäh erwachte Sydney aus ihrem Schlaf.

Im Zimmer herrschte nächtliches Dunkel, und einen Augenblick lang wusste sie nicht, wo sie war. Dann erinnerte sie sich wieder und setzte sich auf.

Eine samtweiche Bettdecke glitt von ihren Schultern hinunter zur Hüfte. Ihre Beine waren nach wie vor unter dem Plumeau verborgen, doch sie spürte, dass sie ihre Zehen frei bewegen konnte. Jemand musste ihr, während sie schlief, die Schuhe ausgezogen und sie zugedeckt haben.

Es gab nur eine Person, die dafür in Frage kam.

Wie peinlich!, dachte sie. Und einen Moment später: *Wie süß!*

Die Tatsache, dass es Noah gelungen war, so nah an sie heranzukommen, ohne sie aufzuwecken, warf nicht eben ein gutes Licht auf ihre Fähigkeiten als Spionin. Der Umstand indes, dass er überhaupt im Zimmer gewesen war ... Was wollte ihr das sagen?

Sie setzte ihre Füße auf den flauschigen Teppich, streckte und reckte sich und knipste das Nachttischlämpchen an. Ein Reisewecker, der neben dem Bett stand und den sie zuvor gar nicht bemerkt hatte, zeigte an, dass es sechs Uhr und vier Minuten in der Früh war. Sie hatte die ganze Nacht durchgeschlafen.

Großartig.

In Gedanken sah sie, wie Noah am vergangenen Abend in der Suite herumgegangen und darauf gewartet hatte, dass sie wieder aufwachte, um mit ihm zum Abendessen zu gehen. *Hoffentlich hab ich nicht geschnarcht, als er im Raum war.*

Ruhelos schritt sie im Zimmer umher, fragte sich, was sie jetzt machen sollte. Von draußen drang nicht der geringste Laut zu ihr hinein. Wahrscheinlich lag Noah auf der Couch und schlief, und sie wollte ihn ungern wecken. Jetzt, wo sie aufgestanden war, war auch die Aufregung darüber, dass sie sich in Paris befand, abermals erwacht. Sich wieder ins Bett zu legen war keine Option; sie konnte ja nicht einmal einen Moment lang ruhig auf der Stelle stehen.

Ich werd ein bisschen laufen gehen, beschloss sie. Ein kleines Jogging durch die Straßen von Paris würde sie ein wenig mehr von der Stadt sehen lassen, und die kalte Morgenluft war genau das Richtige, um die letzten Spinnweben in ihrem Kopf zu vertreiben.

Sydney holte ein T-Shirt und einen Designer-Trainingsanzug aus ihrem Koffer und zog sich rasch an. Der SD-6 hatte an alles gedacht, einschließlich der Laufschuhe und des sportlich-eleganten Chronometers, den sie sich ums Handgelenk legte. Sodann huschte sie mit ihrem Kulturbeutel ins Badezimmer, putzte sich die Zähne, kämmte sich die Haare und band sie anschließend zu einem hohen Pferdeschwanz zusammen. Dergestalt gewappnet, öffnete sie behutsam, um jedes Quietschen zu vermeiden, die Schlafzimmertür und schlüpfte in den Salon hinaus.

Wie erwartet lag Noah schlafend auf dem Sofa, nur notdürftig in eine Decke gewickelt und das Gesicht in das blasse Licht der Morgendämmerung getaucht, das durch einen Spalt zwischen den Fenstervorhängen hereinfiel. Er sah so niedlich und hilflos aus – viel jünger als im Wachzustand, trotz der stoppeligen Wangen –, dass Sydney innehielt und ihn verwundert anstarrte. Nie hätte sie gedacht, dass Noah Hicks so völlig friedlich wirken konnte.

Kurz war sie versucht, ihn zu berühren, einfach nur, um zu sehen, ob sie sich ebenso an ihn heranzuschleichen vermochte wie er sich an sie. Ihre Hand schob sich voran und verharrte wenige Zentimeter vor seinem kräftigen braunen Haar. Sie konnte beinahe spüren, wie sich ihre Finger darin verloren, ihm die zerzausten Strähnen aus der Stirn strichen ...

Was würde er tun, wenn er jetzt die Augen aufschlüge?, fragte sie sich. Sie stellte sich vor, wie er lächelte, glücklich darüber, sie zu sehen. Und dann stellte sie sich vor, wie er ihr in einer raschen Bewegung den Unterarm brach und ihre Knochen wie dürre Äste knackten, noch bevor er richtig wach geworden war.

Eingedenk seiner Agentenausbildung erschien die zweite Möglichkeit wahrscheinlicher. Doch auch wenn er ihr nicht wehtun würde, gab es keinen Grund anzunehmen, dass er sich darüber freuen würde, aufzuwachen und ihre Finger in seinen Haaren zu finden. Was, wenn es peinlich wurde, weil er den Grund für ihre Berührung nicht verstand?

Was, wenn es peinlich wurde, *weil* er ihn verstand?

Sydney ließ die Hand wieder sinken und trat einige Schritte zurück. Sie musste sich eingestehen, dass sie sich mehr davor fürchtete, ihre heimlichen Gefühle zu offenbaren, als einen gebrochenen Arm davonzutragen. Natürlich konnte sie behaupten, dass es eine Art Revanche gewesen war, dafür, dass er sich an sie herangeschlichen hatte, doch irgendwie klang das ziemlich kindisch. Andererseits würde sie es niemals über sich bringen, ihm die Wahrheit zu sagen, ihm zu gestehen, dass sie davon träumte, ihn zu berühren, seit dem Moment, an dem sie ihm zum ersten Mal begegnet war ... denn wie sollte es weitergehen, wenn er nicht das Gleiche empfand?

Wenn es jemals zu irgendetwas zwischen uns kommen soll, muss er den Anfang machen, entschied sie widerstrebend. *Ich werde mich keinesfalls so weit aus dem Fenster lehnen.*

Auf Zehenspitzen begab sie sich zu dem kleinen Tischchen gleich neben der Tür, auf dem sie zwei Zimmerschlüssel und eine Hand voll Stadtführer von Paris fand. Sie nahm einen der Schlüssel und schob sich den kleinsten der Faltpläne in die Tasche.

Dann, mit einem letzten Blick auf Noah, stahl sie sich aus dem Zimmer.

Auf dem Bürgersteig vor ihrem Hotel atmete Sydney tief die kühle Morgenluft ein, fühlte, wie sie ihren ganzen Körper durchströmte und belebte.

Im Dämmerlicht des heranbrechenden Tages schien Paris ihr ganz allein zu gehören, und sie war bereit, der Stadt entgegenzulaufen und sie zu begrüßen. Spontan wandte sie sich nach links und begann die Straße hinaufzujoggen.

Die Avenue Montaigne entpuppte sich als ein wahres Juwel. Nur wenige Meter weiter, gleich im angrenzenden Häuserblock, befanden sich einige der berühmtesten Modehäuser der Welt, Seite an Seite mit Sydneys Hotel. Im Laufen ließ sie ihren Blick hin und her gleiten: Christian Dior, Nina Ricci, Chanel und – kaum einen Steinwurf vom *Plaza Athénée* entfernt – die erloschenen Lichter des *Théâtre des Champs-Élysées*.

Sie wünschte, sie könnte sich hier in Paris ein Theaterstück ansehen, oder, besser noch, eine Oper. Vielleicht ließ sich Noah ja, vorausgesetzt, sie hatten für so etwas überhaupt Zeit, zu einem von beidem überreden. Wenn der SD-6 ihn ebenso gründlich ausstaffiert hatte wie sie, konnte er sich zumindest nicht damit herausreden, dass er keine Abendgarderobe habe.

Indem sie sich nach links Richtung Seine wandte, stellte sie sich Noah im Smoking vor. *Er würde sicher großartig darin aussehen,* dachte sie. *Vornehm und kultiviert.* Einen Fuß vor den anderen setzend, trabte sie über das Bordsteinpflaster, doch ihre Gedanken waren ganz woanders.

Ob er wohl überhaupt an mir interessiert ist?, grübelte sie, während sie abermals nach links abbog und dem Lauf des Flusses folgte. *Oder es jemals sein könnte?*

War es lediglich das zufällige Zusammentreffen äußerer Umstände, dass sie sich gemeinsam in Paris befanden?

Oder war es Fügung?

Einen knappen Kilometer hatte sie bereits zurückgelegt, als sie an eine Brücke gelangte und sich entscheiden musste: rechts entlang, über die Seine, oder links herum, um sich nicht zu weit vom Hotel zu entfernen? Sie blieb stehen und holte den Stadtplan aus der Tasche, um nachzuschauen, wo genau sie sich befand.

Die Brücke zu ihrer Rechten war die Pont des Invalides, die Invalidenbrücke. Es war ein verführerischer Gedanke, einmal im Leben über die Seine zu joggen; hielt sie sich stattdessen nach links, käme sie an einer Reihe großer Palais vorbei. Sie entschied sich dafür, sich die Feudalbauten anzusehen.

Plötzlich fiel ihr auf der Karte noch etwas auf: Mitten in das eng verwobene Netz aus Straßen und Gassen zwischen ihrem Standort und dem *Plaza Athénée* hatte jemand einen kleinen blauen Kreis eingezeichnet und in gut leserlicher Schrift die Buchstaben *ML* danebengeschrieben.

Monique Larousse, dachte sie, von plötzlicher Erregung erfasst.

Es war nicht neu für sie, dass ihr Hotel in der Nähe des Modehauses lag, doch ihr war nicht bewusst gewesen, wie nah. *Ich könnte einen Abstecher dorthin machen und die Lage peilen, noch bevor Noah aufgestanden ist.*

Ihr gefiel der Gedanke, auf eigene Faust ein wenig Aufklärung zu betreiben, einfach nur, um sich vor Ort einen ersten Eindruck zu verschaffen. Das Modehaus würde um diese Zeit noch geschlossen sein, doch sie hatte ohnehin nicht die Absicht hineinzugehen – sie wollte lediglich wissen, wie das Gebäude von außen aussah. Vielleicht würde ihr irgendetwas auffallen, das sich später noch als nützlich erweisen mochte.

Die Brücke hinter sich lassend und sich in einem spitzen Winkel vom Fluss wieder entfernend, lief Sydney beflügelt durch die noch schlafenden Straßen des Viertels und hielt Ausschau nach ihrem Ziel. Kurz darauf tauchte es direkt vor ihr auf.

Der Name Monique Larousse besaß zwar nicht den gleichen Klang wie der gewisser anderer Modehäuser, dennoch war er ausreichend, um ein dreistöckiges Gebäude zu unterhalten, das sich über mehrere Hausnummern erstreckte. Die Vorderfront war beige gestrichen, und das Erdgeschoss wurde von großen Schaufenstern dominiert, auf denen in verschnörkelten goldenen Lettern die Initialen *ML* zu lesen waren. Dunkelgrüne Markisen, gestützt von hölzernen Streben der gleichen Farbe, boten dem interessierten Betrachter der Auslagen Schutz vor Regen und Sonne.

Sydney joggte langsam an dem Modehaus vorbei, während sie versuchte, durch die großen Fenster in die noch unbeleuchteten Verkaufsräume zu spähen. Etwa zehn Hausnummern weiter wechselte sie die Straßenseite und trabte in die andere Richtung zurück. Das erste, zaghafte Licht der Morgenröte tauchte die Straße in einen rosigen Glanz. Alles schien friedlich. Nichts an dem Gebäude wirkte auch nur im Geringsten verdächtig.

Denselben Eindruck sollte ich machen, wenn ich mal gezwungen bin, das Gesetz zu übertreten, dachte Sydney, immer bereit dazuzulernen. Sie rannte um die Straßenecke und entdeckte eine kleine Gasse, die an der Rückseite des Modehauses entlangführte und den Gebäudekomplex von einem gegenüberliegenden, ganz ähnlich aussehenden trennte. Ohne Zögern bog sie in die Gasse ein und hielt weiter Ausschau nach irgendwelchen brauchbaren Hinweisen.

Die Bordsteine hier waren von zahlreichen Müllcontainern gesäumt, einer von ihnen befand sich direkt in Höhe des Modehauses Monique Larousse. Hinter der Abfalltonne erstreckte sich ein leicht abschüssiger, von einigen Büschen bewachsener Grasstreifen bis zum nächsten Häuserblock.

Während Sydney an der Rückfront ihres Einsatzziels vorbeijoggte, stellte sie sich den Ernstfall vor. Der Container und die Büsche boten zwar etwas Deckung, doch viel war es nicht. Die hintere Seite des Modehauses war ebenfalls beige getüncht und machte einen relativ unauffälligen Eindruck; eine Außentreppe, die vor einer Stahltür endete, führte in das Kellergeschoss hinab. In Schritttempo verfallend, versuchte sich Sydney alles genauestens einzuprägen, als sie plötzlich den aufheulenden Motor eines sich ihr durch die Gasse nähernden Autos vernahm. In der Stille zwischen den engen Häuserreihen wirkte das Geräusch unnatürlich laut, doch nichtsdestotrotz war unschwer zu erkennen, dass das Fahrzeug mit einem ziemlichen Tempo herankam. Instinktiv rannte Sydney hinter den Müllcontainer und duckte sich, um sich zu verstecken, bis das Auto vorbeigefahren war.

Was es allerdings nicht tat.

Kaum ein paar Meter von ihr entfernt hielt ein altersschwacher Lieferwagen, und zwei Männer sprangen heraus.

Aus ihrer Deckung heraus beobachtete sie die beiden, beinahe den Atem anhaltend, um sich durch kein noch so leises Geräusch zu verraten. Sie sah, wie einer von ihnen die hinteren Türen des Wagens öffnete, ein längliches, in schwarze Plastikfolie eingeschlagenes Paket herausholte und es dann hinunter zu der Kellertür trug. Sie hätte zu gern gewusst, was der Mann dort unten an der Tür ablieferte, doch an ein Heranschleichen war nicht zu denken angesichts des wahrhaft hünenhaften zweiten Kerls, der mit qualmender Zigarette direkt neben der Fahrertür stand. Er trug eine graue Baskenmütze auf dem ansonsten kahlen Schädel, und seine Schultern waren so breit, dass auch der Schmerbauch, der beinahe die Knöpfe seines Hemdes sprengte, ihn nicht weniger furchterregend aussehen ließ.

Eine Minute später tauchte der erste Mann wieder auf. Der Fahrer schnippte seine Zigarettenkippe in den Rinnstein, dann kletterten die beiden wieder in den Wagen und fuhren davon. Vorsichtig kam Sydney hinter dem Müllcontainer hervor und fragte sich, was das alles zu bedeuten hatte.

Möglicherweise gar nichts, dachte sie, während sie, die Unschuld in Person, in Richtung Treppe schlenderte. *Modehäuser kriegen wahrscheinlich täglich jede Menge Lieferungen.*

Aber vor Sonnenaufgang? Abgesehen davon musste der Mann einen eigenen Schlüssel besessen haben, denn das Paket lag mitnichten vor der Kellertür.

Ich werde Noah davon berichten, vielleicht ist es ja wichtig, beschloss sie. Sie wandte sich um und machte sich auf den Weg zurück zum Hotel. *Und wenn nicht, wird er auf jeden Fall von meiner Initiative beeindruckt sein!*

»Sie haben was gemacht?«, fragte Noah aufgebracht. »Ich glaube, ich hör nicht richtig!«

»Ich dachte nur ...«, setzte Sydney zu ihrer Verteidigung an. »Ich meine, wo ich schon mal da war ...«

»Muss ich Sie daran erinnern, wer für diese Mission die Verantwortung trägt?« Der niedliche verschlafene Ausdruck in seinem Gesicht war einer Miene reinsten Zorns gewichen. »Sind Sie verrückt geworden?«

»Ich hatte doch nur die Absicht zu helfen«, protestierte sie und wünschte, sie hätte einfach ihr Jogging fortgesetzt, anstatt Hals über Kopf zum Hotel zurückzurennen und Noah mitzuteilen, was sie gesehen hatte. Möglicherweise war das ein Fehler gewesen.

»Ich will nicht, dass Sie eigenmächtig handeln, nicht, solange es um *meinen* Auftrag geht!«, bellte er sie an. Wütend schlug er mit der Faust auf die Rückenlehne des Sofas. »Haben Sie auch nur mal eine Minute darüber nachgedacht, dass an dem Gebäude vielleicht Sicherheitskameras angebracht sein könnten? Unter Umständen haben Sie soeben unsere Tarnung auffliegen lassen!«

»Unmöglich!«, erwiderte sie rasch. »Alles, was sie gesehen haben können, ist eine Joggerin.«

»Eine Joggerin, die sich hinter Mülltonnen versteckt«, höhnte er.

Sydney presste ihre zitternden Lippen aufeinander. Sie konnte spüren, wie sich ihre Augen mit Tränen füllten, doch sollte es auch nur einer gelingen zu entschlüpfen, würde sie sich nur noch törichter fühlen, als sie sich ohnehin schon vorkam. Verlegen trat sie in ihren Joggingschuhen von einem Fuß auf den anderen, schlang sich die Jacke um den Körper und wünschte, sie wäre irgendwo anders.

»Ich sehe es ja ein«, sagte sie schließlich. »Aber selbst wenn mich irgendwer beobachtet hat, könnte es doch sein, dass er mich für eine dieser klamottenversessenen Touristinnen gehalten hat, die ihr favorisiertes Modehaus ausspioniert. Oder für eine junge Frau, die Angst hat, so früh am Morgen allein auf der Straße jemandem zu begegnen. So was ist ja nicht ungewöhnlich ...«

Noah sah sie entrüstet an. »Besser, Sie versuchen jetzt nicht, mit mir darüber zu diskutieren. Gehen Sie duschen oder machen Sie sonst was.«

Sie zögerte, schien zu schwanken. So wie Noah sich benahm, wäre sie lieber überall gewesen, nur nicht in seiner Nähe. Doch wie konnte sie überhaupt irgendwohin gehen, solange eine Sache wie diese zwischen ihnen stand?

»Es tut mir Leid, wenn ich einen Fehler gemacht habe«, sagte sie und bemühte sich vergeblich, seinem verärgerten Blick standzuhalten. »Ich versuche mein Bestes, aber ich bin immer noch Rekrutin.«

»*Das* brauchen Sie mir nicht zu sagen«, entgegnete er scharf. »Glauben Sie mir, es ist so offensichtlich wie nur irgendetwas.«

Sydney konnte nur niedergeschlagen nicken, da der schmerzende Kloß in ihrem Hals sich wie eine Faust zusammenzuballen schien und ihr die Stimme nahm. Ohne ein weiteres Wort wandte sie sich um und stürmte hinaus in ihr Badezimmer. Mit lautem Knall schlug sie erst die eine, dann die andere Tür hinter sich zu.

Sie legte ihre Joggingsachen ab, stellte sich unter die Dusche und drehte sie bis zum Anschlag auf. Heißes Wasser prasselte auf sie hinab und wusch den Schmutz und den Schweiß von ihr, doch Noahs schroffe Worte vermochte es nicht hinwegzuspülen. Die Tränen brachen über sie herein wie ein plötzlicher Sturm, der sie am ganzen Körper erzittern und erbeben ließ.

Die Leute beim SD-6 wurden nicht müde, ihr zu versichern, wie großartig sie sich machte, und sie hatte nie einen Grund gehabt, an ihren Worten zu zweifeln. Abgesehen von dem Fiasko mit dem Wassertank hatte sie bei jedem Training Höchstleistungen gebracht. Doch Training war Training, und diese Mission an der Seite von Noah die raue Wirklichkeit.

Was, wenn sie dieser Wirklichkeit nicht gewachsen war?

Wilson hat mich nur für diesen Job ausgesucht, weil ich diese ganzen Modefummel tragen kann, sagte sie sich. Vielleicht war das schon alles, was sie zu bieten hatte. Vielleicht erwartete niemand irgendetwas anderes von ihr.

Niemand außer offensichtlich Noah.

Er war richtig gemein, dachte sie und wurde von erneutem Schluchzen geschüttelt. *Warum musste er bloß so abscheulich zu mir sein?*

Hätte er, anstatt darüber zu spotten, dass sie nur eine Rekrutin war, nicht ein bisschen nachsichtiger sein können? Hatte er nicht selbst irgendwann einmal als Rekrut angefangen – auch wenn er das möglicherweise vergessen hatte?

Er ist nichts weiter als ein selbstgerechter Fatzke, entschied sie. *Ich weiß wirklich nicht mehr, warum ich ihn am Anfang so mochte.*

Er hatte sie angebrüllt, sie gedemütigt, sie zum Weinen gebracht und – das Schlimmste von allem – sie in Selbstzweifel gestürzt.

Alles in allem ist Noah Hicks es nicht wert, wegen ihm auch nur eine Träne zu vergießen.

»Da sind Sie ja endlich!«, rief Noah gut gelaunt, als Sydney wieder in den Wohnraum trat.

Sie hatte sich ausgiebig Zeit gelassen, sich nach dem Duschen die Haare geföhnt, dann Make-up aufgelegt und schließlich jedes einzelne Teil anprobiert, das ihr vom SD-6 mit auf den Weg gegeben worden war. Eines nach dem anderen hatte sie die verschiedenen Outfits auf Sitz und Wirkung in dem großen Schlafzimmerspiegel überprüft, bevor sie ein Kleid auswählte, das ihr für den auf den frühen Vormittag angesetzten Besuch bei Monique Larousse passend erschien. Außerdem hatte sie sich für eine kastanienbraune Perücke entschieden – nur für den Fall, dass sie tatsächlich von einer Sicherheitskamera entdeckt worden war.

Nachdem sie sich wieder einigermaßen gefasst hatte, und darüber hinaus auch nicht einsehen mochte, warum sie die ganze Zeit in ihrem Schlafzimmer hocken sollte, hatte sie sich in ein Paar Jeans gezwängt und sich, obzwar widerwillig, dazu aufgerafft, Noah erneut gegenüberzutreten. Nun blickte sie ihn mit einstudierter Unnahbarkeit an und zuckte anstelle einer Antwort nur mit den Schultern.

»Ich hab uns was zum Frühstück kommen lassen«, sagte er und wies auf einen Servierwagen, der am Fenster stand. Funkelndes Kristall und Silber, eine Vase mit frischen Blumen und das blütenweiße Deckchen ließen die morgendliche Mahlzeit als etwas ganz Besonderes erscheinen. Und die enorme Anzahl kleiner Schüsselchen und Schälchen, teils mit Deckel, teils ohne, legte die Vermutung nahe, dass Noah beim Bestellen wohl ein wenig übers Ziel hinausgeschossen war. »Ich, äh, wusste nicht, was Sie mögen, also hab ich einfach alles genommen.«

»Warum auch nicht?«, erwiderte sie mürrisch. »Ist ja nicht Ihr Geld.«

Überrascht nahm sie zur Kenntnis, dass Noah leicht zusammenzuckte. Er eilte zu dem kleinen Frühstückstisch, zog einen der Stühle zurück und forderte sie mit einer höflichen Geste auf, sich zu setzen.

»Hören Sie. Möglicherweise habe ich eben etwas überreagiert«, sagte er. »Ich meine, nicht hinsichtlich Ihres eigenmächtigen Vorgehens. Aber vielleicht hätte ich es Ihnen ein wenig freundlicher erklären sollen. Es tut mir Leid, dass ich die Beherrschung verloren habe.«

»Vergessen Sie's.«

Das Letzte, womit sie gerechnet hatte, war eine Entschuldigung, und es war erstaunlich, wie wenig Genugtuung sie dabei empfand. Mit demonstrativ erhobenem Kinn nahm Sydney auf dem dargebotenen Stuhl Platz – nicht, weil sie ihm verziehen hatte, sondern weil Noah, egal, wie ihr zumute sein mochte, immer noch der Boss bei diesem Auftrag war.

Er setzte sich ihr gegenüber. »Sie müssen unbedingt diese Croissants versuchen«, sagte er zuvorkommend und reichte ihr ein silbernes Tablett. »Ich hab sie gestern probiert, sie zergehen einem förmlich auf der Zunge.«

Sydney legte sich eins der Croissants auf den Frühstücksteller, nur um seiner Anweisung zu folgen. Noah strahlte. Es war nicht leicht, jemandem lange böse zu sein, der ein solch gewinnendes Lächeln besaß, doch Sydney war zu allem entschlossen.

»Gibt es noch etwas, das ich wissen sollte, bevor wir zu Monique Larousse aufbrechen?«, fragte sie und missbrauchte die Butter und die Marmelade als Vorwand, ihm nicht ins Gesicht sehen zu müssen.

»Nur ein paar technische Dinge, was die Handhabung der Ausrüstung anbelangt. Aber wir haben noch jede Menge Zeit. Trinken Sie einen Kaffee – er ist fantastisch.«

Er beugte sich weit über den Tisch, um ihr höchstpersönlich einzuschenken, und fluchte leise, als der Kaffee überschwappte und in der Untertasse eine Pfütze bildete.

»Uups«, sagte er verlegen. »Sorry.«

Abermals presste Sydney die Lippen aufeinander – diesmal, um ein Lächeln zu unterdrücken. Es war völlig ohne jede Bedeutung, dass dies ein Frühstück darstellte, wie es sich romantischer kaum denken ließ, mit direktem Blick auf den Eiffelturm. Oder dass Noah sich offensichtlich alle Mühe gab, die Dinge wieder ins rechte Lot zu bringen. Oder dass ihm die Sache tatsächlich und aufrichtig Leid zu tun schien. Sie hatte ihn durchschaut, bei ihr konnte er mit seinem jungenhaften Charme nichts mehr reißen. Ein zweites Mal würde sie nicht zulassen, dass er ihr derartig zusetzte. Zumindest nicht mehr, als bereits geschehen.

»Was für Ausrüstungsgegenstände sind das im Einzelnen?«, fragte sie.

»Wanzen, Kameras, ein Mini-Ohrstöpsel für den Sender in dem Kollier. Das Übliche. Wahrscheinlich haben Sie das alles schon mal gesehen.«

»Wahrscheinlich«, stimmte sie ihm zu. »Ich bin zwar Rekrutin, aber ein bisschen was hab ich auch mitbekommen.«

Noah deutete auf den Servierwagen. »Nehmen Sie sich ein paar Eier.«

Das Frühstück schleppte sich genauso peinlich dahin, wie es begonnen hatte. Sydney flüchtete sich in die mentale Vorbereitung auf ihren gemeinsamen Einsatz, um, wenn es darauf ankam, auch wirklich in Höchstform zu sein. Noah indes unternahm ein paar sporadische Versuche zur Konversation, die sie jedoch in den meisten Fällen durch eine knappe Antwort bereits im Ansatz scheitern ließ.

Schließlich gab er es auf und überließ sie dem inneren Widerstreit mit dem wachsenden Gefühl, dass sie sich im Moment möglicherweise noch schlimmer aufführte, als er es getan hatte. Doch selbst wenn es so war, sie hatte nicht die Absicht, klein beizugeben. Immer schon, ihr ganzes Leben lang, war sie extrem verletzlich gewesen. Sie hasste sie – diese unterschwellige Angst, dass im nächsten Augenblick jemand daherkommen und ihr mit einem kräftigen Ruck das Gefühl von Sicherheit unter den Füßen wegziehen würde wie ein Varietékünstler die Tischdecke. Ob es ihm bewusst war oder nicht, genau das hatte Noah getan.

»Ich bin satt«, verkündete sie schließlich und erhob sich vom Tisch. »Wann brechen wir auf?«

Noah warf einen Blick auf seine Uhr. »Frühestens in zwei Stunden. Ich hab eine Limousine bestellt, die uns hinbringen soll – sähe ein bisschen merkwürdig aus, wenn wir zu Fuß dort ankämen.«

»Ich werd mich dann schon mal umziehen. Wenn wir uns, sagen wir, in einer Stunde hier wieder treffen, haben wir dann noch genug Zeit, um die Einsatzgeräte durchzusprechen?«

»Mehr als genug.«

»Alles klar. Also bis später dann.«

Sie wollte sich gerade in ihr Schlafzimmer zurückziehen, als Noah urplötzlich aufstand und ihr in den Weg trat. »Sydney ... ist alles in Ordnung mit uns?«

»Wie meinen Sie das?«

»Ich meine, Sie und ich. Wir haben hier gemeinsam einen Job zu erledigen. Und ich finde, wir hatten keinen guten Start.«

»Läuft doch alles bestens.«

Sein Blick suchte den ihren. »Sie scheinen gekränkt zu sein.«

»Bin ich nicht. Warum sollte ich?«

»Sie sollten es nicht.« Unsicher berührte er ihren Arm, die Wärme seiner Hand drang bis in ihr Herz. »Sind Sie es?«

»Nein.«

»Wahrscheinlich denken Sie, dass ich zu hart mit Ihnen war.« Er zuckte mit den Schultern. »Vielleicht war ich es. Aber Sie sind nicht der einzige Mensch, der an dem Erfolg unseres Unternehmens gemessen wird. Ich trage die Verantwortung, verstehen Sie. Sollten wir versagen, habe ich mehr zu verlieren als Sie.«

»Sie haben die Verantwortung. Habe ich vollkommen verstanden.«

Er schien nicht ganz überzeugt. »Also ist alles in Ordnung mit uns?«, fragte er nach kurzem Zögern erneut.

»Das sagte ich doch bereits.«

»Und Sie tragen mir auch nichts nach?«

Sie zwang sich zu einem Lächeln. »Ich bin doch kein Kind mehr.«

Doch ihre Worte standen im krassen Gegensatz zu dem, was sie dachte: *Ich werde seine Anweisungen peinlichst genau befolgen. Ich werde meinen Job erledigen wie ein Profi. Und dann, mit ein bisschen Glück, werde ich Noah Hicks niemals mehr wieder sehen.*

Typen wie Noah Hicks konnten einem Mädchen das Herz brechen.

KAPITEL 5

Die Limousine kam direkt vor dem Modehaus Monique Larousse zum Stehen.

Sydney und Noah saßen auf den Rücksitzen der großzügigen Karosse und gaben das perfekte Millionärsehepaar ab.

Sydney hatte es zunächst zwar einigermaßen lächerlich gefunden, für so eine kurze Strecke einen Wagen zu mieten, doch in Anbetracht der hochhackigen Stöckelschuhe, die sie trug, musste sie zugeben, dass ihr die Entscheidung entgegenkam. Außerdem war es Noah gewesen, der die Limousine geordert hatte, und sie hatte nicht die geringste Lust, mit ihm darüber eine Diskussion anzufangen.

Der Fahrer stellte den Motor ab und sprang aus dem Wagen, um Sydney beim Aussteigen behilflich zu sein. Gnädig reichte sie ihm ihre Hand und achtete sorgsam darauf, in ihrem kurzen Rock nicht allzu viel Bein zu zeigen, während sie würdevoll der Karosse entstieg. Indem sie die Knie fest gegeneinander drückte und mit Hilfe der behandschuhten Hand des Chauffeurs das Gleichgewicht hielt, schaffte sie es tatsächlich, zuerst den einen, dann den anderen Pfennigabsatz auf das Trottoir zu setzen und ihr ganzes Gewicht auf diese mageren Säulen des Seins zu verteilen – kein leichtes Unterfangen.

Von morgens bis abends bringen sie einem beim SD-6 irgendwelche Waffentechniken bei, dachte sie empört. *Sie sollten lieber mal einen High-Heels-Trainingskurs anbieten.*

Anders als noch vor wenigen Stunden wimmelte es auf der Straße von Leuten. Einheimische und Touristen hetzten oder flanierten an den Geschäften vorbei, hielten Ausschau nach günstigen Schnäppchen oder machten einfach nur einen Schaufensterbummel. Und wenn Sydney sich nicht täuschte, starrten entschieden zu viele der Passanten sie plötzlich aus neugierigen Augen an.

Wahrscheinlich liegt's an der Limousine, wurde ihr bewusst.

Doch während Noah um den Wagen herum auf sie zueilte, fiel ihr Blick auf ihr Spiegelbild, das in den blank gewienerten Schaufensterscheiben des Modehauses zu sehen war. Natürlich hatte sie sich im Hotel ausgiebig im Spiegel betrachtet, doch sie war so sehr auf all die kleinen Details fixiert gewesen, dass sie sich nicht wirklich gesehen hatte. Sie hatte kontrolliert, ob ihre Perücke richtig saß, ob der Lippenstift perfekt aufgetragen war und ob die Träger ihres BHs nicht unter ihrem ärmellosen blauen Seidenoberteil durchschimmerten; doch nun, hier auf der Straße, erkannte sie sich auf einmal kaum noch wieder. Die extrem hohen Absätze und der kurze Rock ließen ihre Beine unendlich lang erscheinen, und die rotbraune Perücke schien direkt aus *Drei Engel für Charlie* zu stammen. Doch am schockierendsten von allem war der unglaublich arrogante Ausdruck auf ihrem stark geschminkten Gesicht.

Wer war diese reiche eingebildete Gans? Kein Wunder, dass die Leute so glotzten.

Noah erteilte dem Fahrer die Anweisung zu warten. Dann wandte er sich zu Sydney um. »Alles klar?«, fragte er.

»Bringen wir's hinter uns«, erwiderte sie nervös.

Als sie sich der grün gerahmten Eingangstür näherten, sah sie ihr Spiegelbild wie eine Fremde auf sich zukommen. Wo kam auf einmal dieser Gang – nein, dieses Stolzieren – her? War dieser hochmütige Habitus allein das Ergebnis der noch immer schwelenden Wut über die Auseinandersetzung mit Noah? Oder rührte er von etwas anderem her, etwas tiefer Sitzendem, etwas, von dem sie bislang nicht einmal gewusst hatte, dass sie es besaß?

Die Tür des Modehauses wurde jäh aufgerissen, und ein älterer Herr fiel in dem eilfertigen Bemühen, sie angemessen zu begrüßen, beinahe über die eigenen Füße.

»*Bonjour! Bonjour, madame*«, flötete er, während er sich tief verbeugte und sie mit einer weit ausholenden Geste einlud, näher zu treten. »*Bienvenue à Monique Larousse.*«

»Sehr reizend. Danke, mein Bester.« Selbst ihre Stimme klang nicht mehr wie sonst, doch in dem Blick, mit dem der Mann sie ansah, lag nichts als ehrfurchtsvolle Bewunderung.

Schlagartig wurde sich Sydney einer beruhigenden Tatsache bewusst: Wie immer auch Noah über sie dachte, Wilson hatte mit ihr die richtige Wahl getroffen. Zusammen mit der erneut aufkeimenden Erregung darüber, dass sie sich auf ihrer ersten Agentenmission befand, kehrte auch ihr Selbstbewusstsein wieder zurück. Sie würde Noah die eine oder andere Probe ihres Talents geben.

»Sie müssen Mr. und Mrs. Wainwright sein«, sagte der Mann und schaltete auf Englisch um.

»Nennen Sie mich Nick.« Noah legte Sydney Besitz ergreifend einen Arm um die Schulter. »Wir sind gekommen, um meiner besseren Hälfte hier eine neue Garderobe zu kaufen.«

»Aber natürlich, aber natürlich. Kommen Sie herein. Darf ich Ihnen vielleicht ein Glas Champagner anbieten?«

»Klingt hervorragend!«, erwiderte Noah mit dröhnender Stimme. Einige Köpfe drehten sich zu ihnen um. »Ich nehme nicht an, dass Sie über Satellitenfernsehen verfügen?« Er lachte laut über seinen eigenen Witz, ganz der neureiche Dot-com-Millionär, als der er hierher gekommen war. »Sie wissen ja, wie Frauen sind«, fügte er hinzu und kniff Sydney wohlwollend in die Wange. »Am besten, Sie bringen gleich die ganze Flasche.«

»Ganz wie Sie wünschen, *monsieur* – äh, Nick.« Der Mann bedeutete ihnen, ihm zu folgen. »Wenn Sie vielleicht zuvor Platz nehmen wollen ...«

Das Interieur von Monique Larousse hatte mehr von einem herrschaftlichen Salon als von einem Geschäft. An den Wänden befanden sich Tapeten mit floralem Design, an der Decke kunstvolle Ornamente aus Stuck und teure Kristalllüster. Hier und dort waren antike Möbel auf kostbaren Teppichen zu Sitzgruppen arrangiert. Nirgendwo indes war ein Regal oder ein Tisch mit Auslagen zu sehen. Monique Larousse verkaufte ausschließlich maßgefertigte Einzelstücke, und niemals ohne zuvor ausgemachten Termin; Laufkundschaft, die sich einfach nur umschauen und ein wenig herumstöbern wollte, war hier definitiv am falschen Platz.

Fünf weitere Kunden, ein Pärchen und eine Gruppe von drei Frauen, saßen am anderen Ende des Modesalons und ließen sich von einer Verkäuferin beraten. In diesem Moment traten drei Models in Sommerkleidern und Hüten hinter einem Vorhang hervor und warfen sich vor den Frauen in Pose.

Noah steuerte eine Sitzgruppe an, die sich ungefähr in der Mitte des Modetempels befand und von der aus er alles überblicken konnte. Der Portier zog sich zurück, um den Champagner zu holen, während Sydney sich auf die Kante eines mit gestreiftem Seidenstoff bezogenen Sessels sinken ließ.

»So, da wären wir also«, sagte sie und versuchte, nicht allzu nervös zu klingen.

Noah lehnte sich, die Hände im Nacken verschränkt, in dem Sofa zurück, auf dem er Platz genommen hatte. »Da wären wir also«, pflichtete er ihr bei.

Sydney ließ ihre Blicke umherschweifen und überlegte, wo sie den Anfang machen sollte. An der Innenfläche ihrer linken Hand waren fünf Überwachungskameras befestigt – hautfarbene Miniaturanfertigungen, etwa halb so groß wie eine Erbse und an jedem Material haftend –, die allesamt darauf warteten, an strategisch wichtigen Stellen des Gebäudes zum Einsatz zu kommen. Darüber hinaus enthielt die Handtasche auf ihrem Schoß ein Schächtelchen mit Abhörwanzen, die als niedliche kleine Pfefferminzdragées daherkamen. Doch noch schien es ihr zu früh zu sein, sie hervorzuholen. Stattdessen fingerte sie an ihrem Kollier herum und versuchte herauszufinden, in welchem der Steine sich der Sender befand.

Sie und Noah hatten die Verständigung über dieses Gerät geübt, bevor sie das Hotel verlassen hatten – alles, was sie tun musste, war flüstern, und er würde sie über seinen Ohrstöpsel hören. Sie hatte einen ebensolchen Stöpsel im Ohr, eine Art Mini-Hörgerät, das Noahs Stimme über den Sender in seinem obersten Hemdknopf übertrug.

Als wollte sie ihren Ohrring richten, wanderte Sydneys Hand zu ihrem Ohrläppchen, hinter dem sich jedoch lediglich eine weitere Kamera verbarg. In weniger als einer Sekunde schoss sie wahllos einige Fotos, da sie nicht zu entscheiden wusste, was hier wichtig war und was nicht. Dann kam ihr der Gedanke, dass es vielleicht sinnvoll wäre, sich auf die Angestellten zu konzentrieren; jeder von ihnen, oder vielleicht sogar alle miteinander, konnten Verbindungsleute des K-Direktorats sein.

Sich so unverdächtig wie möglich bewegend, machte sie Schnappschüsse von allen drei Models, den beiden

Verkäuferinnen und von einer etwa dreißigjährigen Frau, die soeben durch eine Tür im hinteren Bereich des Raums eintrat. Ihre makellose Haut war weiß wie Milch, ihr Haar unnatürlich schwarz und ihr Lippenstift blutrot. Eine Weile betrachtete sie die Models, verzog sodann misslaunig das Gesicht und verschwand in dem Moment wieder von der Bildfläche, in dem der Portier erneut die Bühne betrat – mit einem Tablett, auf dem er den Champagner und einige Horsd'œuvres balancierte, sowie einer lächelnden Verkäuferin im Schlepptau.

»Ich bin Yvette«, stellte die junge Frau sich vor, während der Champagner und die Appetithäppchen offeriert wurden. Sydney begnügte sich mit einem Glas des edlen Getränks, während Noah gar nicht wieder aufhörte, sich kleine Krabbenpastetchen auf seine Serviette zu schieben.

»Vielen Dank, Henry«, sagte Yvette zu dem ältlichen Herrn. »Sie können jetzt gehen.«

Bevor er sich in den hinteren Bereich des Geschäftes zurückzog, verabschiedete sich Henry von den Herrschaften mit einer leichten Verbeugung und gab Sydney so die perfekte Gelegenheit, ihn wie auch Yvette mit ihrer Ohrring-Kamera auf ein einziges Erinnerungsfoto zu bannen.

»Also! Was wollen wir uns denn heute anschauen?«, fragte Yvette vergnügt. »Garderobe für den Tag? Garderobe für den Abend? Vielleicht ein paar kleine Kostproben aus unserer Herbstkollektion?«

»Tagesgarderobe. *Und* eine Auswahl für den Abend«, erwiderte Sydney, Letzteres noch rasch hinzufügend. Immerhin hatte Noah gesagt, sie solle so viel Zeit herausschinden wie möglich.

Yvette eilte davon, und Sydney gönnte sich einen Schluck Champagner. Der Schaumwein war fast so herb wie die jähen Erinnerungen, die er wachrief. Erinnerungen an jenen Abend, an dem sie zum ersten Mal Champagner getrunken hatte, während eines Festtagsessens mit ihrem Vater an einem in jeder Beziehung frostigen Weihnachtsabend – an sein verschlossenes, vor sich hinbrütendes Gesicht, an ihr verzweifeltes Bemühen, ihm zu beweisen, wie erwachsen und selbstständig sie im Internat bereits geworden war. Sie hatte ihm so lange zugesetzt, bis er schließlich nachgab und ihr ein Glas erlaubte. Und obwohl sie dann feststellen musste, dass sie Champagner gar nicht mochte, hatte sie das ganze Glas getrunken, nur um sich nicht die Blöße zu geben und wie ein kleines Kind aufzuführen. Ihrem Vater wäre es gleichgültig gewesen, natürlich. Heute wusste sie das.

»Einen Penny für Ihre Gedanken«, sagte Noah.

Sie rang sich ein unverbindliches Lächeln ab und stellte ihr Glas ab, froh darüber, dass in diesem Moment Yvette wieder auftauchte, dicht gefolgt von zwei Models in Abendkleidern.

Die folgenden vierzig Minuten brachten Sydney und Noah damit zu, diversen Mannequins dabei zuzuschauen, wie sie vor ihnen auf und ab stolzierten und ein Monique-Larousse-Einzelstück nach dem anderen präsentierten. Sydney war überwältigt, sowohl von den exklusiven Gewändern als auch von dem bloßen Gedanken an die Unsummen, die man für sie vermutlich hinzublättern hatte. Dann und wann deutete sie mit dem Finger auf eines der Modellkleider, wohl wissend, dass ohnehin keines von ihnen jemals ihr gehören würde. Schließlich fand Yvette es an der Zeit, zur Anprobe zu schreiten.

»Wir benötigen Ihre genauen Maße, anschließend möchten Sie vielleicht das eine oder andere Teil anprobieren, um zu sehen, ob Sie sich auch wohl darin fühlen«, flötete sie. »Natürlich werden wir, wenn Sie sich für etwas entscheiden sollten, sofort mit der Anfertigung beginnen.«

»Wie lange wird das dauern?«, fragte Noah. »Wir sind nur für eine Woche hier, und wir würden die Sachen gern mitnehmen, wenn wir wieder zurück in die Staaten fliegen.«

Yvette sah ihn überrascht an, war jedoch sogleich wieder Herr der Situation. »Das ließe sich einrichten. Zumindest was einige der Kleider anbelangt. Wir müssten nur die Vorführmodelle entsprechend den Maßen Ihrer Gattin ändern.«

Noah nickte. »Das wollte ich hören, Yvette. Man muss immer flexibel bleiben.«

Die Verkäuferin lächelte ihn verunsichert an und forderte Sydney mit einer höflichen Geste auf, ihr durch eine breite Durchgangstür zu folgen. Auf der anderen Seite erstreckte sich nach links und nach rechts ein langer Flur. Yvette wandte sich nach links. Während sie ihr hinterherstelzte, konnte Sydney durch die weit offen stehenden Türen einige flüchtige Blicke in zwei nobel eingerichtete, etwa schlafzimmergroße Zimmer werfen, bevor Yvette schließlich vor einer dritten Tür Halt machte.

»Wenn ich bitten dürfte«, sagte sie und bedeutete Sydney einzutreten. »Madame Monique sieht es zwar lieber, wenn wir eines der anderen Zimmer nehmen – sie meint, sie seien geschmackvoller eingerichtet –, aber ich ziehe dieses hier vor, ganz einfach weil es größer ist. Ist doch ganz nett hier, finden Sie nicht auch? Sehen Sie, Ihre Sachen sind auch schon da.«

Sydney trat ein, nicht ohne zu registrieren, dass der Flur gegenüber der Tür zu ihrem Anproberaum einen Knick um neunzig Grad machte und tiefer in den hinteren Bereich des Gebäudes führte. Unglücklicherweise versperrte ein Vorhang die weitere Sicht und schließlich die Tür, die Yvette hinter Sydney rasch wieder schloss.

Das Zimmer, in dem sie sich befanden, unterschied sich nur unwesentlich von den beiden anderen, an denen sie vorbeigekommen waren. Eine Wand war komplett verspiegelt, und mehrere zusätzlich aufgestellte Standspiegel gestatteten der zum Kauf geneigten Kundin, sich von allen Seiten gebührend zu betrachten. Die anderen drei Wände waren mit Holz vertäfelt, und den mit Parkett ausgelegten Fußboden zierte ein großer, farbenfroher Läufer. Ein schwerer alter Schreibtisch, mehrere Brokatstühle und ein Chromgestell auf Rädern, das voller Kleider hing, bildeten den Rest der Einrichtung.

»Zuerst werde ich einmal Maß nehmen«, verkündete Yvette und holte aus der obersten Schublade des Schreibtisches ein Maßband hervor.

Die nächsten fünf Minuten ließ Sydney ein ebenso unvermeidliches wie kompliziertes Ritual über sich ergehen, das dazu diente, ihre genauen Maße zu ermitteln, während sie krampfhaft ihre linke Hand, in der sich die Kameras verbargen, geschlossen hielt und sich bemühte, ihre wachsende Ungeduld zu bändigen.

Wenn sie damit fertig ist, wird sie wahrscheinlich erst mal verschwinden, versuchte sie sich zu beruhigen. *Das ist meine Chance, um ein wenig das Terrain zu erkunden.*

Doch als Yvette Anstalten traf, ihr den Reißverschluss des Rocks zu öffnen, wurde Sydney klar, dass ihr Plan einen kleinen Schönheitsfehler besaß: Diese Frau hatte mitnichten die Absicht, das Zimmer zu verlassen, sondern schien vielmehr ihre Kundin aus- und ankleiden zu wollen wie ein Barbiepüppchen.

»Wissen Sie was? Ich kann das alleine machen«, sagte Sydney und entwand sich durch eine Drehung Yvettes weiterem Zugriff. »Ehrlich gesagt, wäre mir das sogar lieber. Ich kann Sie ja rufen, wenn ich nicht zurechtkomme.«

»Madame Monique würde das aber gar nicht gefallen«, wandte Yvette vorsichtig ein. »Ich bin gehalten, mich permanent um die Kunden zu kümmern.«

»Warum kümmern Sie sich dann nicht einfach eine Weile um meinen Mann? Wahrscheinlich langweilt er sich da draußen schon zu Tode.«

»Oh. Nun ... wenn Sie es wünschen, werde ich mal nach ihm sehen.«

»Vielen Dank. Ich werde nicht lange brauchen«, versprach Sydney und scheuchte die junge Frau zur Tür hinaus.

Endlich war sie allein.

»Noah! Noah!«, flüsterte Sydney, während sie sich die hochhackigen Schuhe von den Füßen trat. »Yvette ist auf dem Weg zu Ihnen. Können Sie mich hören?«

Er räusperte sich – ihr vereinbartes Zeichen für ein Ja.

»Halten Sie sie irgendwie beschäftigt.«

Sydney öffnete ihre Handtasche und nahm das Päckchen »Pfefferminzdragées« heraus. Für den Fall, dass sie überwacht wurde, würde sie vorgeben, sich eines der Dragées in den Mund zu stecken, während sie die kreideweiße Wanze in Wirklichkeit unauffällig hinter einem der weißen Stuhlkissen verschwinden ließ.

»Ist sie schon da?«, wisperte Sydney, kaum ihre Lippen bewegend. »Ich verlasse jetzt das Zimmer.«

»Hey, Yvette, wie sieht's aus?«, hörte sie im gleichen Moment Noahs Stimme in ihrem Ohr. »Hat Carrie den Laden schon leer gekauft?«

Yvettes Antwort war klar und deutlich zu verstehen; sie musste direkt neben ihm stehen. »Sie ist, ähm ...«

»Hören Sie, diese Krabben sind wirklich ausgezeichnet. Wo haben Sie sie gekauft?«

»Ich weiß es nicht. Aber ich werde sofort Henri danach fragen.«

Sydney war gerade im Begriff, nach der Türklinke zu greifen, als sie etwas vernahm, womit sie niemals gerechnet hätte: Noah sprach Französisch.

»*Vous êtes très aimable*«, sagte er. »*Merci beaucoup.*«

»*Vous parlez français!*«, rief Yvette entzückt auf.

»*Pas très bien. Je prends des leçons depuis une année maintenant. J'ai appris les verbes importants et la plupart des animaux de ferme.*«

Yvette kicherte.

Beinahe wäre Sydney ebenfalls in Lachen ausgebrochen. Sie hatte keine Ahnung, was Noah da soeben von sich gegeben hatte, aber sie hatte in ihrem Leben genug Französisch gehört, um zu erkennen, wie grauenvoll sein amerikanischer Akzent war. Es bereitete ihr ein fast schon perverses Vergnügen festzustellen, dass Mr. Perfect letzten Endes auch nicht ohne Schwächen war.

Yvettes Stimme bekam einen koketten Tonfall. »*Vous parlez très bien, monsieur.*«

Noahs radebrechende Antwort wurde begleitet von weiterem Gekicher Yvettes, diesmal jedoch versetzte es Sydney einen kleinen, schmerzhaften Stich. Trotz Noahs lausiger Aussprache, so musste Sydney zugeben, klang sein Französisch irgendwie unheimlich romantisch.

Yvette sah das offensichtlich genauso.

Am liebsten wäre Sydney nach vorne in den Präsentationsraum marschiert und hätte dem Geturtel ein Ende gemacht.

Was bedeuten würde, dass ich eifersüchtig bin, was wiederum heißt ... Reiß dich zusammen, Sydney, dachte sie, verärgert über sich selbst. *Ich hab ihm gesagt, er soll Yvette irgendwie hinhalten, und nichts anderes tut er. Ganz abgesehen davon, selbst wenn er total auf sie abfährt ...*

»Ich geh jetzt los«, flüsterte sie, ihren Gedankengang abrupt abwürgend, und öffnete die Tür.

Noah unterbrach sein Süßholzgeraspel gerade lang genug, um sich zu räuspern.

Ein kräftiger Adrenalinstoß wurde jäh durch ihre Adern gepumpt, als sie, in der linken Hand ihre Handtasche und die Abhörwanzen in der rechten, auf Strümpfen auf den Flur hinaustrat.

KAPITEL 6

Direkt vor der Tür zu ihrem Anproberaum, gegenüber der Ecke, wo der Flur seine Richtung änderte, löste Sydney eine der Miniatur-Kameras aus der Innenfläche ihrer Hand und befestigte sie an der Tapete, indem sie vortäuschte, mit den Fingern einfach nur so an der Wand entlangzustreifen. In dem lebhaften Blumenmuster ging das winzige, nahezu farblose Überwachungsgerät vollkommen unter.

Das war Nummer eins, dachte sie und spürte, wie sich vor Aufregung – und auch ein klein wenig vor Angst – ihr Atem beschleunigte. Auch wenn es nur eine simple Aufklärungsmission war und Noah sich gleich nebenan befand, konnte sie doch den beunruhigenden Gedanken nicht loswerden, dass möglicherweise irgendjemand vom K-Direktorat in diesem Augenblick jeden ihrer Schritte beobachtete.

Sie atmete tief durch, schlenderte ein paar Meter weiter und schlüpfte sodann durch den Vorhang, der den ersten Flur von dem abknickenden zweiten trennte.

Schlagartig änderte sich das Dekor. Während der vordere Bereich des Modesalons ausgesprochen opulent gehalten und mit Antiquitäten geradezu überladen war, regierte jenseits des Vorhangs reine Zweckmäßigkeit. Kahle weiße Wände, graue Industrieauslegware und kalte Neonröhren vereinten sich zu einem Ambiente bar jeglichen Charmes. Der einzige Lichtblick war ein großes Fenster am Ende des Flurs, das noch aus der Zeit zu stammen schien, in der das Gebäude erbaut worden war. Ohne übertriebene Eile ging Sydney darauf zu, lehnte sich, dort angekommen, auf das Fensterbrett und ließ, während sie einige Augenblicke in dieser Stellung verweilte, eine Abhörwanze in eine Holzritze fallen.

Draußen empfing sie der Anblick einer ihr bereits vertrauten Gasse; sie blickte durch eines der Fenster im Erdgeschoss des Gebäudes, an denen sie heute Morgen vorbeigejoggt war. Sie konnte den Müllcontainer sehen, hinter dem sie sich versteckt hatte und der nun einen großen viereckigen Schatten auf den abschüssigen Streifen mit Büschen und Unkraut warf. Etwas weiter rechts befand sich die Treppe, die hinab zu der Kellertür führte; dorthin hatten die beiden geheimnisvollen Männer mit dem Lieferwagen in aller Herrgottsfrühe ihr merkwürdiges Paket gebracht.

Wenn ich irgendwie ein Stockwerk tiefer käme, ging ihr durch den Kopf, *könnte ich mich womöglich genau bis zu dem Eingang vorarbeiten, durch den der eine Typ heute Morgen hereingekommen ist. Vielleicht liegt dort sogar noch dieses Paket herum.*

Sie stieß sich von dem Fensterbrett ab, schaute sich ein wenig verloren um und öffnete dann die nächstgelegene Tür. Wie sie gehofft hatte, befand sich auf der anderen Seite eine Treppe.

Sydneys Herzschlag hämmerte mit doppeltem Tempo, während sie die Stufen hinabstieg, nicht ohne auf halber Strecke eine weitere Kamera zu deponieren. Mittlerweile hatte sie sich ziemlich weit vom Umkleidezimmer entfernt, und mit jedem weiteren Schritt wurde die Sache riskanter. Noahs immer noch auf Französisch daherplaudernde Stimme wurde nun für sie zu einer Art Rettungsanker. Sie hatte es längst aufgegeben, dahinter kommen zu wollen, was genau er da eigentlich erzählte, doch sein ruhiger, gleichmäßiger Tonfall verlieh ihr den Mut, weiterzugehen.

Am Ende der Treppe gelangte sie durch einen Durchgang in einen schmalen, schmutzigen Korridor, der beidseitig von verschlossenen Holztüren gesäumt war. Am Ende des Gangs konnte Sydney eine einzelne Stahltür ausmachen, die sie als den Hintereingang des Gebäudes erkannte.

Hier ist der Mann reingekommen!, dachte sie aufgeregt. Rasch platzierte sie in dem Flur eine Kamera, sodass sie künftig über jede weitere Lieferung auf dem Laufenden waren, und schob zusätzlich eine Wanze in einen kleinen Spalt zwischen den Fußleisten und dem völlig verdreckten Teppich.

So, wo könnte jetzt dieses Paket sein?

Falls sie es fand und sich herausstellte, dass es etwas Wichtiges enthielt, käme Noah wohl nicht umhin zuzugeben, dass ihr eigenmächtiges Herumschnüffeln an diesem Morgen letztendlich doch zu etwas Nutze gewesen war. Das Problem war nur, dass sie nicht wusste, wo genau sie nach der Lieferung suchen sollte; einfach hier herumzurennen und auf gut Glück hinter diese oder jene Tür zu schauen, war fast wie russisches Roulette zu spielen – hinter jeder von ihnen konnte sich irgendjemand verbergen.

Noch während sie darüber nachdachte, wie sie am besten vorgehen sollte, hörte sie schwere Schritte auf der Außentreppe. Es kam jemand!

Alle Vorsicht fahren lassend, riss Sydney die nächstbeste Tür auf, huschte hindurch und schloss sie in demselben Moment hinter sich, als zwei Männer den Flur betraten. Von dem dunklen, fensterlosen Büro aus, in dem sie sich wiederfand, konnte sie gedämpft ihre Stimmen hören.

Das war knapp, dachte sie. Ihr Puls raste. Sie presste ihr

Ohr gegen die Tür und versuchte etwas von dem, was die Männer sagten, mitzubekommen, doch sie verstand kein einziges Wort. Gleichwohl würden die Kamera und die Wanze, die sie eben noch draußen deponiert hatte, alles genau registrieren, und sie war stolz darauf, wie geschickt und professionell sie die Situation gemanagt hatte. Alles, was sie zu tun brauchte, war, hier in diesem Kabuff zu bleiben und darauf zu warten, dass die Luft im Flur wieder rein war.

Was hoffentlich bald der Fall sein wird. Noah kann Yvette nicht ewig mit seinem Charme da oben festhalten.

Nicht, dass es so aussieht, als würde sich sein Repertoire allmählich erschöpfen.

Nach wie vor plauderte er munter vor sich hin, und nach wie vor wurden seine Worte regelmäßig von Yvettes albernem Gekicher begleitet; laut und klar konnte Sydney die Stimmen der beiden über ihren Mini-Empfänger hören. *Wenn er nicht meinen Ehemann spielen müsste, würde er sie garantiert gleich zum Essen einladen.*

In der Zwischenzeit schwatzten und trödelten draußen auf dem Flur die beiden Männer herum, und sie saß hier in der Falle. Sydney ließ ihren Blick durch das kleine, düstere Büro schweifen und beschloss in Ermangelung einer Alternative, sich hier ein wenig genauer umzusehen. Sie holte eine winzige Taschenlampe aus ihrer Handtasche und ließ den schwachen Lichtkegel durch das Zimmer wandern.

Ein alter Holzschreibtisch und zwei mit Spinnweben überzogene Aktenschränke bildeten das Hauptmobiliar des Raumes, und der dicken Staubschicht nach zu urteilen, die über allem lag, wurde er nicht eben häufig genutzt. Leise öffnete Sydney die Schreibtischschubladen, doch sie fand darin nichts Aufregenderes als ein paar Bleistifte und Kugelschreiber. Nirgendwo im Zimmer eine

Spur von dem mysteriösen Paket, und nicht ein einziges Möbelstück, in dem man ein Objekt dieser Größe hätte verstauen können. Sie schob eine Wanze in den schmalen Spalt zwischen den beiden Aktenschränken und schlich auf Zehenspitzen wieder zur Tür, um weiter zu lauschen.

Die Männer waren *immer noch* da draußen und schienen sich *immer noch* jede Menge zu erzählen zu haben, als plötzlich eine andere Stimme an Sydneys Ohr drang – Noah. Er sprach wieder Englisch.

»Sie ist nicht in dem Anprobezimmer?«, fragte er laut.

Sydney sprang das Herz bis in die Kehle. Man hatte ihre Abwesenheit entdeckt!

»Aber Madame Monique«, protestierte Yvette, »ich habe sie erst vor wenigen Augenblicken dort allein gelassen.«

»Dann würde ich vorschlagen, Sie gehen sie suchen«, erwiderte eine mürrische dritte Stimme. »Sofort.«

»Kein Grund, panisch zu werden.« Noah betonte seine beschwichtigenden Worte, als wären sie direkt an Sydney gerichtet. »So, wie ich meine Frau und ihre Sextanerblase kenne, ist sie wahrscheinlich nur mal eben für kleine Mädchen.«

Sydney lehnte sich gegen die verschlossene Tür. Noahs Botschaft war unmissverständlich: Sie musste so schnell wie möglich wieder nach oben kommen und dann vorgeben, sie hätte dringend zur Toilette gemusst. Dummerweise waren da diese beiden Männer im Flur, und sie sah keine Möglichkeit, unentdeckt an ihnen vorbeizukommen.

»Sie sind also Monique Larousse«, setzte Noah seine Konversation fort. »Meine Frau ist ganz vernarrt in Ihre Kleider.«

»Danke. Sehr schmeichelhaft«, entgegnete die dritte Stimme steif.

»Ich werde mich am besten wieder in das Umkleidezimmer der Dame begeben«, sagte Yvette, deutlich nervös.

Die nächsten Sekunden herrschte Schweigen.

Sind sie überhaupt noch da?, fragte sich Sydney in einem Anflug von Verzweiflung. *Oder hat der Sender vielleicht seinen Geist aufgegeben?*

Hektisch fummelte sie an ihrem Ohrstöpsel herum, doch noch immer war nichts zu hören.

Plötzlich vernahm sie Noahs Räuspern. »So ... da bin ich nun, von allen verlassen«, murmelte er leise, als wäre er ein wenig verstimmt darüber, dass man ihn einfach hatte sitzen lassen.

Sydney wurde beinahe schlecht. Es war eindeutig: Er wollte sie davon in Kenntnis setzen, dass er sowohl Yvette als auch Madame Monique aus den Augen verloren hatte. Die beiden konnten überall sein, und sie waren genau in diesem Moment auf der Suche nach ihr. Sie musste unbedingt hier raus!

Doch die beiden Männer draußen redeten ... und redeten ... und redeten ...

Sydney stand bereits kurz davor, laut loszuschreien, als die Stimmen auf dem Flur plötzlich verstummten. Sie hörte das Geräusch schwerer, sich entfernender Schritte, das Zuschlagen einer Tür.

Dann Stille.

Einige Sekunden später immer noch kein Ton.

Endlich!, dachte sie erleichtert.

Sie wagte sich aus ihrem Versteck heraus – nur um Angesicht in Angesicht jenem schrankartigen glatzköpfigen Kerl gegenüberzustehen, der an diesem Morgen den Lieferwagen gefahren hatte.

Er war in dem Flur zurückgeblieben, um eine Zigarette zu rauchen. Jetzt allerdings schien er den gerade erst entzündeten Glimmstängel, der zwischen seinen Wurstfingern steckte, völlig vergessen zu haben. Kaum weniger erschrocken als sie selbst, starrte er Sydney an.

Und dann wurde sein Gesichtsausdruck alles andere als freundlich.

»*Que faites-vous ici?*«, bellte er los und warf die Zigarette auf den Teppich.

In den Augen ein Schwelen ähnlich der Glut seiner Kippe, kam er langsam auf Sydney zu.

KAPITEL 7

Panik wollte von Sydney Besitz ergreifen, als der schwergewichtige Mann immer näher kam.

Sie versuchte sich ihr Krav-Maga-Training wieder in Erinnerung zu rufen, doch alles, was sie je dort gelernt hatte, wirbelte und flatterte nun in ihrem Kopf umher wie ein aufgescheuchter Vogelschwarm. Besaß sie im Nahkampf überhaupt eine Chance gegen einen Gegner, der um so viel kräftiger war als sie? Irgendetwas in ihr riet ihr, hinaus auf die Gasse zu stürzen und um ihr Leben zu laufen.

Aber Weglaufen käme einem Schuldeingeständnis gleich, dachte sie. *Außerdem darf ich Noah und den SD-6 nicht einfach so im Stich lassen.*

Sie konnte nur versuchen zu bluffen.

»Endlich!«, rief sie gereizt und trat dem Angreifer mutig entgegen. »Ich dachte schon, hier unten arbeitet überhaupt niemand!«

Irritiert verlangsamte der Mann seinen Schritt.

»Sprechen Sie Englisch? Mein Mann kann zwar Französisch, aber der ist leider oben, und ich bin hoffnungslos aufgeschmissen, wenn es um Fremdsprachen geht.«

»Ich spreche Englisch«, antwortete der Mann mit misstrauischem Blick.

»Großartig! Fantastisch! Wie ist Ihr Name?«

»Arnaud.«

»Arnaud – wie entzückend. Ich meine, entzückend in einem ganz maskulinen Sinne, natürlich. Mein Name ist Carrie Wainwright.«

Ihre Gedanken überschlugen sich mit einer Geschwindigkeit, dass ihr beinahe schwindelig wurde. Für den Moment hatte sie ihn erst einmal ausgebremst, doch Arnaud schien ihr eher von jenem Schlag Mann zu sein, den man mit zu viel Smalltalk nur noch wütender macht. Sie brauchte eine Story, die sie ihm auftischen konnte, und sie brauchte sie jetzt. Während sie fieberhaft nach irgendeiner Eingebung suchte, fiel ihr Blick auf die noch glimmende Zigarette am Boden.

»Sie haben nicht zufällig Streichhölzer dabei?«, fragte sie.

Er sah sie etwas befremdet an. »Streichhölzer?«

»Ich hab mich heimlich aus dem Staub gemacht, um in Ruhe eine Zigarette zu rauchen. Ich hätte zwar auch vorne rausgehen können, aber mein Mann sitzt oben im Salon, und ich schwöre Ihnen, der hält sich für jemanden von der Nikotin-Polizei. Finden Sie es nicht auch fürchterlich, dass andauernd jemand meint auf Ihnen herumhacken zu müssen, nur weil Sie Raucher sind?«

Arnauds Lippen verzogen sich zu einem kaum merklichen Grinsen. Dann schien ihm plötzlich etwas einzufallen.

»Was haben Sie in dem Zimmer da gemacht?«, fragte er barsch.

»Das sagte ich doch bereits. Ich hab nach Streichhölzern gesucht.« Sie versuchte, ihrer Stimme einen leicht gekränkten Tonfall zu geben. »Ich habe nichts angerührt, falls Sie das meinen.«

»Wir werden sehen«, entgegnete er und schob sich an ihr vorbei in das Zimmer.

Einen Moment lang stand sie allein auf dem Flur. Abermals rieten ihr ihre Instinkte, wegzulaufen und sich in Sicherheit zu bringen. Sie hatte die freie Auswahl, beide Treppen standen ihr offen ...

»Okay«, sagte Arnaud, als er wieder auftauchte. »Anscheinend haben Sie die Wahrheit gesagt.«

Vor Erleichterung knickten Sydney beinahe die Beine weg.

Der Mann holte etwas aus seiner Tasche hervor. »Hier. Nehmen Sie mein Feuerzeug«, sagte er und ließ eine kleine Flamme in die Höhe schießen. »Warten Sie, ich geb Ihnen Feuer.«

»Wie reizend von Ihnen«, murmelte sie und sah ihre Felle davonschwimmen.

Soeben war Arnaud auf den kleinen Haken gestoßen, den ihre Story besaß: Sie hatte nicht eine einzige Zigarette bei sich.

Das brennende Feuerzeug in der Hand, blickte Arnaud sie erwartungsvoll an. Sydney begann in ihrer Handtasche herumzukramen, als hoffte sie auf irgendein Wunder. Es stimmte zwar, dass sie nicht rauchte, aber der SD-6 hatte doch auch sonst an alles Mögliche gedacht ...

Außer an Zigaretten.

»Ich fass es nicht«, stieß sie schließlich verzweifelt hervor. »Als wir vom Hotel losfuhren, hatte ich sie noch in der Tasche. Ich muss sie in der Limousine verloren haben.«

Sie hob den Kopf, zwang sich, ihm in die Augen zu sehen, nur um jedoch festzustellen, dass sich seine Mundwinkel zu einem breiten Grinsen verzogen.

»Ich verliere sie auch andauernd. Wirklich ärgerlich«, sagte er. »Hier. Nehmen Sie eine von meinen.«

»Vielen Dank!«, rief sie erleichtert.

Sie nahm die angebotene Zigarette, schob sie sich zwischen die Lippen, beugte sich sodann über sein Feuerzeug und hoffte inständig, dass sie nicht anfangen musste zu husten. Trotz all ihrer gelegentlichen Rebellionsversuche auf der Internatsschule, hatte sie doch noch niemals geraucht. Sie hasste den Gestank von Zigaretten, und das erhöhte Krebsrisiko sprach auch nicht eben dafür.

Gerade war es ihr gelungen, den Sargnagel zum Brennen zu bringen, da kam Yvette die Treppe heruntergestürmt. Hektisch blies Sydney den Rauch aus, verbarg die Zigarette hinter ihrem Rücken und machte ein Gesicht, als hätte sie Angst davor, bei irgendetwas Unschicklichem ertappt zu werden.

»*Vous voilà!*«, rief Yvette ihr entgegen. »Was machen Sie denn hier unten?«

»Ich, äh ... gibt es hier irgendwo eine Toilette?«, stammelte Sydney, absichtlich so wenig überzeugend wie möglich.

Arnaud kicherte. Unauffällig stieß Sydney ihm ihren Ellbogen in die Seite und übergab ihm hinter dem Rücken die qualmende Zigarette.

Doch Yvette rümpfte schnuppernd die Nase und ließ sich nicht täuschen.

Ihr gewinnendstes Lächeln aufsetzend, appellierte Sydney an die Großmut der Verkäuferin. »Wir müssen ja meinem Mann nichts davon erzählen, oder? Ich wüsste das wirklich außerordentlich zu schätzen. Tatsächlich spüre ich gerade, wie ich so richtig in Kaufstimmung komme.«

Yvette lachte. »Ihr Mann befindet sich in dem Glauben, Sie seien auf der Toilette«, vermeldete sie mit einem verschwörerischen Blinzeln. »Er deutete an, dass Sie ziemlich viel Zeit dort verbringen. Irgendetwas sagt mir, dass dies nicht das erste Mal ist, dass Sie zu dieser Ausrede greifen, *oui?*«

Sydney zuckte, nach wie vor lächelnd, mit den Schultern. »Es gibt Dinge, die ein Mann nicht unbedingt wissen muss.«

»Da gebe ich Ihnen völlig Recht. Doch da er nun weiß,

dass Sie vermisst werden, sollten wir da nicht lieber wieder nach oben gehen?«

»Bitte gehen Sie vor«, sagte Sydney, froh, dass sie die Situation in den Griff bekommen hatte. »Machen Sie's gut, Arnaud!«

Der hünenhafte Mann tippte sich an die Mütze und sah ihr grinsend nach.

Annähernd zwei weitere Stunden strichen ins Land, bevor Sydney und Noah völlig erledigt in die Rücksitze ihrer wartenden Limousine sanken.

»Lief doch ganz gut, oder?«, fragte Sydney, als der Fahrer den Wagen vom Bordstein weglenkte. Sie hatte unzählige Designersachen anprobiert und völlig den Überblick darüber verloren, welche und wie viele der ganzen Outfits sie nun tatsächlich in Auftrag gegeben hatte, doch die Hauptsache war, dass sie es geschafft hatte, sämtliche Abhörwanzen und Kameras des SD-6 zu verteilen, ohne Verdacht zu erregen.

»Solange du nur bekommst, was du möchtest, bin ich glücklich«, sagte Noah.

»Was soll das heißen: was *ich* möchte?, protestierte sie, nach all der Anspannung etwas schwer von Begriff.

Er stieß sie heftig mit dem Knie an und schaute mit einem viel sagenden Blick erst zu ihr hinüber und dann zu dem Fahrer nach vorn. Die Trennscheibe war zwar hochgefahren, doch offensichtlich wollte Noah es nicht riskieren, dass der Chauffeur zufällig irgendetwas mitbekam.

»Das, äh, das rote Kleid habe ich nur für dich ausgesucht«, erwiderte sie rasch.

Er lächelte. »Ich muss es mir *später* mal etwas genauer ansehen.«

Später, klar. Hab schon kapiert, dachte sie, ein wenig eingeschnappt.

Doch sie war schon längst nicht mehr sauer auf Noah. Wie denn auch, nach allem, was sie an diesem Vormittag gemeinsam durchgemacht hatten. Abgesehen von dem heiklen Pläuschchen mit Arnaud war alles perfekt gelaufen, und Sydney schwebte immer noch in dem Rausch von Abenteuer und Gefahr und erfolgreichem Gelingen.

»Ich werd erst mal meine Freundin Francie anrufen«, verkündete sie, während sie ihr Handy aus der Handtasche kramte.

Noah zog verwundert die Augenbraue hoch, doch sie ignorierte ihn einfach. Sie musste jetzt unbedingt mit jemandem reden, und Francie konnte sie ohnehin nichts erzählen, was nicht auch für die Ohren des Chauffeurs geeignet wäre.

Nachdem Sydney rasch die Nummer angewählt hatte, verging beinahe eine halbe Ewigkeit, bis Francie endlich abnahm.

»Hallo?«

»Francie! Hi! Ich bin's.«

»Sydney?«, fragte Francie kraftlos. »Was ist los? Ist irgendwas passiert?«

Sydney vergaß beinahe zu atmen, als ihr klar wurde, was für einen Schnitzer sie sich geleistet hatte.

Wie spät ist es in L. A.? »Nein! Nichts«, erwiderte sie, während sie in Gedanken fieberhaft zu rechnen begann. *Zwölf addieren, neun wieder abziehen ...* »Wie kommst du darauf?«

»Oh, weiß auch nicht. Vielleicht weil es draußen noch stockdunkel ist.« Francie klang nun ein wenig wacher, doch schien sie darüber nicht besonders glücklich zu sein.

»Du machst Witze! Ehrlich?« Sydney deckte mit der Hand das Mikro des Telefons ab, um vorzutäuschen, dass sie selbst nachschauen ging. *Mal sehen, das hieße ... es ist dort gerade kurz nach vier Uhr morgens.*

Sie wartete noch ein paar Sekunden und nahm dann ihre Hand wieder vom Handymikro. »Francie! Es tut mir echt Leid. Die Uhr in meinem Zimmer ist kaputt, und bei den zugezogenen Vorhängen und allem hab ich gar nicht gemerkt, wie früh es noch ist. Ich wollte nur eben rasch Hallo sagen, bevor du dich zu deinem Seminar aufmachst.«

»Was redest du da? Kommst du denn heute nicht nach Hause?«

»Ich wollte, ich könnte, aber ich habe hier wirklich alle Hände voll zu tun.«

»Jetzt schwänzt du also schon das College? Du hast sie doch nicht mehr alle. Ich kann nicht verstehen, warum du für diese Leute überhaupt noch arbeitest.«

»Ich weiß. Hör zu, wie war's auf der Delt-Party? Bist du da gewesen?«

»War ganz okay. Hab zwar keine interessanten Typen kennen gelernt, aber dafür waren ein paar Mädels von unserem Flur dort, und wir haben bis zwei Uhr morgens durchgetanzt. Die Band war das Beste an dem Abend, sie spielt am nächsten Wochenende im *Lion's Den*. Wenn du dich von deiner Bank mal losreißen kannst, können wir ja hingehen.«

»Das sollten wir tun«, sagte Sydney. »Das *werden* wir tun.«

»Sag nichts, was du nicht wirklich meinst.«

»Okay, wir werden es *versuchen*«, schränkte sie rasch ein.

Sie war sich nicht einmal sicher, ob sie am Wochenende wieder in L. A. sein würde. Die erste Phase der Aufklärungsmission war zwar vorüber, doch hatte sie mit Yvette einen Termin für Mittwoch ausgemacht, um einige der Kleider anzuprobieren, die sie bestellt hatte. Erwartete Noah von ihr, dass sie auch danach noch hier blieb?

»Du klingst wie meine Mutter«, murrte Francie.

»Tatsächlich? Also, dann iss dein Gemüse, würde ich vorschlagen. Und mach deine Hausaufgaben. Wir sehen uns dann, wenn ich wieder zurück bin.« Sie schaffte es, das Gespräch zu beenden, bevor Francie sie fragen konnte, wann genau das sein würde, allerdings nur knapp.

»Immer noch im Clinch mit den Tücken der Zeitverschiebung, was?«, meinte Noah amüsiert.

»Nein«, gab sie zurück, wenig geneigt, ihren Fehler vor ihm einzugestehen. »Alles bestens.«

Abgesehen davon war es, auch wenn sie Francie wieder einmal hatte anlügen müssen, die paar Schrecksekunden wert gewesen; es hatte ihr gut getan, die vertraute und beruhigende Stimme der Freundin zu hören.

Die Limousine hielt vor ihrem Hotel an, und Sydney musste sich arg zusammenreißen, nicht selbst die Wagentür zu öffnen und hinauf aufs Zimmer zu eilen, um die gelungene Mission mit Noah durchzusprechen. Doch als sie einige Minuten später mit Noah auf dem Flur zu ihrer Suite aus dem Fahrstuhl trat, schien sie vor Ungeduld schier platzen zu wollen.

Er wird zugeben müssen, dass ich einen verdammt guten Job gemacht hab, dachte sie, während sie sich dicht in seinem Kielwasser hielt.

Die Tür zu ihrer Suite kam in Sicht. Abrupt blieb Noah stehen. »Ich hatte das Schild ›Bitte nicht stören‹ rausgehängt. Haben Sie es weggenommen?«, fragte er.

Seine Worte klangen so eindringlich, seine Stimme so ernst, dass Sydney schlagartig wie zur Salzsäule erstarrte.

»Nein«, flüsterte sie und spähte über seine Schulter hinweg zu der Türklinke. Das Schild war nicht mehr da.

»Haben Sie Ihren Schlüssel?«, fragte er.

Sydney holte den Schlüssel aus ihrer Handtasche und wollte ihn Noah geben, doch der schüttelte den Kopf.

»Stellen Sie sich neben die Tür und öffnen Sie sie auf mein Zeichen«, wies er sie mit einer knappen Kopfbewegung an. Dann griff er unter seine Jacke und zog einen Revolver hervor.

Sydney ging in Position und fragte sich, ob ihre Augen tatsächlich so weit aufgerissen waren, wie es ihr vorkam. Sie hatte nicht einmal gewusst, dass Noah bewaffnet war.

Er bedeutete ihr aufzuschließen: »Achtung ... fertig ... *jetzt!*«

Sydney stieß die Tür auf, und Noah stürmte, mit vorgehaltenem Revolver, ins Zimmer. Sie hielt den Atem an, erwartete, jeden Augenblick einen Schusswechsel zu hören.

Nichts geschah.

Sie wagte es, einen Blick um die Ecke zu werfen, und sah Noah, der mitten im Wohnraum stand, die Waffe immer noch schussbereit. Sein einziger Gegner indes war ein blitzblank hergerichtetes Zimmer, komplett mit frischem Obst und frischen Blumen.

»War wohl nur das Zimmermädchen!«, rief sie lachend.

Noah wirbelte herum, einen strengen Ausdruck im Gesicht, der sie augenblicklich verstummen ließ. Mit vorsichtigen Bewegungen verschwand er in Richtung Schlafzimmer und Bad. Wie paralysiert blieb Sydney an der Tür stehen und traute sich kaum, Luft zu holen, bis Noah endlich zurückkam und seinen Revolver in das Halfter steckte.

»Niemand da«, schlussfolgerte sie messerscharf, trat in die Suite und schloss die Tür hinter sich.

Doch erneut schüttelte Noah den Kopf und legte einen Finger an die Lippen. Dann griff er in seine Jackentasche und beförderte etwas zutage, das wie ein silberner Füllfederhalter aussah. Sie sah, wie er die Kappe abnahm und das Schreibgerät auseinander schraubte. Aus der kleinen

Kammer, die eigentlich für die Tintenpatronen vorgesehen war, zog er irgendein längliches, dünnes Gerät hervor, an dessen einem Ende ein kleines rotes Lämpchen im Sekundentakt blinkte.

Verständnislos blickte Sydney ihn an.

»Komm mal mit raus auf den Balkon«, sagte er ruhig und ließ das merkwürdige Ding in seiner Tasche verschwinden. »Ich möchte dir was zeigen.«

Schweigend folgte Sydney ihm auf den Balkon, unschlüssig, was sie von der ganzen Sache halten sollte. Sorgfältig schloss Noah hinter ihnen die Tür.

»Nett, was?«, meinte er und wies auf den Eiffelturm. »Die Luft ist so wunderbar klar heute.«

Sydney starrte ihn ungläubig an. Um ihr *das* zu sagen, hatte er sie auf den Balkon gebeten?

»Romantisch, nicht wahr?«

Der Zweifel in ihrer Miene wich einem Ausdruck des Schocks.

»Es gibt da etwas, das ich dir sagen muss.«

Ihre Blicke trafen sich, und plötzlich bekam Sydney weiche Knie. Noch niemals zuvor hatten sie so nah beieinander gestanden. Sie konnte das bernsteinfarbene Glitzern in Noahs braunen Augen erkennen. Wenn sie die Hand heben würde, hätte sie die Narbe unter seinem Kinn zu berühren vermocht.

»Was?«, fragte sie, ihre Stimme kaum mehr als ein Flüstern. Die Art, wie er sie ansah ...

Und dann, als hätte sie es geahnt, schlang Noah seine Arme um sie. Reflexartig wollte sie zurückweichen, als er sie fest an sich heranzog, doch die Art, wie er mit seinen Lippen ihr Ohr berührte, veranstaltete einige sehr merkwürdige Dinge mit ihrem Puls.

»Können Sie mich verstehen?«, hauchte er, so leise, dass sie fast das Gefühl hatte, sie vernähme seine Gedanken. Sein Atem strich sanft über ihren Nacken. Sein Mund liebkoste ihr Ohr. Laut schlug ihr Herz vor Verlangen, als seine Hand durch das kastanienbraune Haar ihrer Perücke fuhr.

»Ja«, presste sie hervor.

Er drückte sie noch fester an sich. »Unser Zimmer ist verwanzt. Irgendjemand hat uns durchschaut.«

KAPITEL 8

»Kann ich jetzt unbesorgt sprechen?«, fragte Sydney.

Zögernd sah sich Noah um. Schließlich nickte er und gestattete ihr, endlich die Frage zu stellen, die ihr bereits seit geraumer Zeit auf der Zunge lag.

»Noah, was sollen wir tun?«

Sie befanden sich neben den Trocadéro-Wasserspielen, einer langen, flachen Brunnenanlage voller sich in die Höhe reckender Fontänen direkt gegenüber dem Eiffelturm am anderen Seine-Ufer. Die Kaskaden und zahlreichen Wasserspeier boten nicht nur eine imposante optische Kulisse, sondern sorgten mit ihrem lauten Geplätscher und Rauschen auch dafür, dass kein fremdes Ohr ihr Gespräch belauschen konnte.

»Na ja, zuerst einmal würde ich vorschlagen, Sie versuchen ruhig und tief durchzuatmen«, sagte er. »Fühlen Sie sich okay?«

Sydney nickte, doch seine Frage rief ihr ins Bewusstsein, wie gehetzt und gestresst sie aussehen musste. Von dem Moment an, da sie entdeckt hatten, dass ihre Hotelsuite verwanzt war, bis zu dem Augenblick, als sie endlich hier bei den Fontänen angelangt waren, war alles, was sie unternommen hatten, in besorgter Eile und Hektik geschehen.

Gemäß den Instruktionen, die Noah ihr ins Ohr geflüstert hatte, waren sie beide unter die Dusche gesprungen und hatten sich anschließend andere Sachen angezogen, für den Fall, dass sie sich in dem Modehaus noch weiteres

Ungeziefer dieser Art eingefangen haben sollten. Sicherheitshalber hatte Sydney sich auch der Perücke entledigt, sodann ein weites gemustertes Kleid übergestreift, darunter den Gürtel mit Geld, Reisepass und Handy angelegt und sich anschließend um die unbedeckten Schultern einen Pullover geschlungen. Eine dunkle Sonnenbrille, ein Hut mit breiter Krempe und flache Sandaletten komplettierten ihr Touristinnen-Outfit. Eigentlich hätte sie lieber ihre Joggingschuhe angezogen, für den Fall, dass ihr ein größerer Fußmarsch bevorstand. Doch dann hatte sie sich der Einsicht gebeugt, dass dies wohl kaum dem Stil einer Carrie Wainwrights entsprach – immer vorausgesetzt, es gab tatsächlich noch jemanden, der glaubte, dass sie wirklich so hieß.

»Regel Nummer eins: Ruhe bewahren«, sagte Noah in diesem Moment. Seine Stimme ging in dem Rauschen des Wassers fast unter. »Bis jetzt stecken unsere Köpfe noch nicht in der Schlinge, das heißt, sie sind sich ihrer Sache nicht sicher. Ich schätze, sie beobachten uns erst einmal. Wahrscheinlich auch in diesem Moment.«

»Aber wieso?«, fragte Sydney. »Was haben wir falsch gemacht?«

Noah zuckte mit den Schultern. »Meistens kommt man nie so ganz dahinter. Irgendetwas hat bei irgendjemanden den Radar ausgelöst. Vielleicht Ihre kleine Stippvisite ins Untergeschoss?«

»Ausgeschlossen. Dafür habe ich gesorgt«, widersprach Sydney. »Yvette und Arnaud sind beide felsenfest davon überzeugt, dass ich nur zum Rauchen dort hinunter gegangen bin.«

»Ja, genau. Und da Sie so aufrichtig zu ihnen waren, haben die beiden Ihnen natürlich ebenfalls nichts vorgemacht.«

Plötzlich kam Sydney ein beunruhigender Gedanke.

»Noah«, sagte sie, »dieser Agent vom K-Direktorat, der verschwunden ist ... Sie sagten, dass er ein ziemlicher Kleiderschrank ist, richtig?«

»Anatolii? Ja, allerdings.«

»Glatzköpfig, mit einer auffallend dicken Wampe?«

»Blond. Und mehr vom Typ Terminator. Warum? Woran denken Sie, Sydney?«

»An diesen Arnaud. Aber, ach nein ...«

»Ich habe Arnauds Stimme über Ihren Sender gehört«, wandte Noah ein, »das war nicht Anatolii.«

»Oh. Na ja, er und Yvette waren ja auch beide ausgesprochen nett. Ich kann mir nicht vorstellen, dass sie irgendwas mit dem K-Direktorat zu tun haben«, meinte Sydney.

Noah stieß ein kurzes Lachen aus. »Sie glauben, Sie können jemanden von dem Verdacht freisprechen, als Agent zu arbeiten, nur weil er nett ist? Was ist mit Ihnen? Sind Sie nett?«

Sie gab ihm keine Antwort und starrte verlegen zu Boden.

»Hören Sie«, sagte Noah. »Wenn Sie in diesem Job länger am Leben bleiben wollen – und ich fange langsam an, Gefallen an dieser Vorstellung zu finden –, sollten Sie nicht irgendwelchen Leuten trauen, nur weil sie nett zu Ihnen sind. Nett ist nicht gleich harmlos, verstehen Sie? Irgendwo anders riskiert vielleicht in demselben Moment irgendein Vollidiot Kopf und Kragen für Sie. Sie sollten lernen, hinter die Dinge zu schauen.«

Sie nickte, instinktiv wissend, dass er die Wahrheit sprach. Und hatte er nicht gerade gesagt, er fände Gefallen an dem Gedanken, dass sie am Leben bliebe?

Na ja, natürlich möchte er nicht, dass ich getötet werde. Schließlich stehen wir auf derselben Seite.

Doch in seinem eindringlichen Ton hatte mehr gelegen als berufliches Interesse. Etwas Persönliches. Sie hätte ihn gern gefragt, wie das denn genau gemeint gewesen war ... doch dann wäre er unter Umständen auf die Idee gekommen, dass ihr etwas an ihm lag.

»Wie gehen wir also weiter vor?«, fragte sie stattdessen.

»Wir halten unsere Tarnung aufrecht. Wir sind hier als Touristen – und wir benehmen uns wie Touristen. Vielleicht verlieren sie das Interesse an uns, wenn wir unsere Rolle überzeugend weiterspielen. Wir sind lediglich Nick und Carrie Wainwright, ein jung verheiratetes Ehepaar mit zu viel Geld.«

»Aber wir können im Hotel nicht einmal mehr offen miteinander reden«, wandte sie ein.

»Nein. Und ich bin gar nicht mal so sicher, dass in der Suite nicht auch noch irgendwelche Kameras angebracht sind. Falls sie es bisher noch nicht waren, sind sie es möglicherweise, wenn wir wieder zurückkommen. Je weniger Zeit wir im Hotel verbringen, desto besser.«

»Einverstanden.«

»Ich hab später noch was zu erledigen, aber ich werde Sie mitnehmen. Haben Sie Ihren Pass dabei?«

»Ja. Und Sie?«

Noah legte eine Hand auf den Unterleib, um anzudeuten, dass er unter seiner Kleidung einen ebensolchen Dokumentengürtel trug wie Sydney. Und unter seinem Blazer verborgen steckte der Revolver. »Immer. Pass und Bargeld sind Ihr Ticket in die Freiheit.«

»Mein Flugticket!«, stöhnte sie auf. »Ich hätte es ebenfalls mitnehmen sollen.«

»Ist nicht so wichtig – solange Sie über genügend Geld verfügen.«

»Wilson hat mir eine halbe Bank mitgegeben. So viel Kohle um die Taille bringt einen ganz schön ins Schwitzen.«

»Gut.« Er lächelte. »Sehr gut.«

Ein höchst unwillkommener Gedanke schoss ihr durch den Kopf. »Sie wollen mich doch nicht nach Hause schicken?«

»Noch nicht. Es würde uns nur verdächtig machen, wenn Sie den Termin am Mittwoch platzen ließen. Ich will nur sicher gehen, dass wir, falls nötig, so schnell wie möglich von hier verschwinden können. Nennen Sie es von mir aus Paranoia.« Er zuckte die Achseln. »Oder meinetwegen auch Erfahrung. In der Zwischenzeit spielen wir ein albernes Touristenpärchen auf Besichtigungstour durch Paris. Gibt es irgendwas, das Sie gern unternehmen möchten?«

Ohne lang zu überlegen, wies Sydney auf den Eiffelturm jenseits der Seine. Hoch ragte er über dem Fluss auf, beherrschte das Panorama der Stadt. »Ich will auf die Spitze, bis ganz nach oben.«

Noah lachte. »Sie sind *wirklich* eine Touristin, was?«

»Sie haben mich gefragt«, verteidigte sie sich.

»Okay, Mrs. Wainwright«, witzelte er und versetzte ihr einen leichten Stups gegen die Schulter. »Ihr Wunsch ist mir Befehl.«

»Zu schade, dass das Restaurant geschlossen hat«, sagte Noah.

Er und Sydney fuhren in einem völlig überfüllten Fahrstuhl vom zweiten Stockwerk des Eiffelturms, wo sich das Restaurant befand, noch ein Stück weiter nach oben. »Ich habe gehört, es soll absolut erstklassig sein.«

»Tut mir Leid, dass wir den Punkt auslassen müssen«, erwiderte Sydney, mehr der Höflichkeit halber. Wer wollte schon seine Zeit mit Essen vergeuden, wenn einem ganz Paris zu Füßen lag?

»Nein, tut es Ihnen nicht.«

Sie musste lächeln, als sie den schmollenden Ausdruck in seinem Gesicht sah. »Wenn ich darüber nicht in Tränen ausbreche, bin ich dann ein schlechter Mensch?«

»Es zeigt nur, dass Sie alles andere als eine Feinschmeckerin sind.«

»Damit kann ich leben. Abgesehen davon möchte ich viel lieber rauf auf die Aussichtsplattform.«

»Nun, dahin haben Sie's ja nun *zu guter Letzt* so gut wie geschafft«, sagte er und spielte damit auf die schier endlos lange Zeit an, die sie vor einem der gelben Fahrstühle hatten warten müssen. Ganze Heerscharen von Touristen waren an diesem Montag zu dem berühmten Bauwerk gepilgert, wild entschlossen, bei diesem klaren Wetter die wunderbare Aussicht von oben zu genießen.

»Und es hat sich wirklich gelohnt«, entgegnete Sydney. »Bereits von hier kann man meilenweit in die Ferne sehen.«

Doch der Ausblick aus dem Fenster des voll gestopften Aufzugs war nichts im Vergleich zu dem Panorama, das sich ihnen bot, als sie den Fahrstuhl verließen.

Die dritte Plattform des Turms befand sich fast dreihundert Meter über der Stadt. Eine milde Frühlingsbrise zerzauste Sydneys Haar, während sie an dem sonnengewärmten Geländer entlang von Aussichtspunkt zu Aussichtspunkt rannte und aus allen Blickrichtungen auf die Stadt hinuntersah. Wie ein Geschenk lag Paris ihr zu Füßen, schöner und prachtvoller und märchenhafter, als sie es sich jemals hatte träumen lassen. Am liebsten hätte sie die Arme hochgeworfen und den winzigen Sterblichen dort unten irgendetwas zugerufen.

Noah schob sich durch die drängelnde Touristenmenge und trat an ihre Seite. »Gefällt Ihnen, was?«

»Es ist ... überwältigend«, antwortete sie nach einer Weile. »Absolut unglaublich.«

»Ich denke, wir können ein bisschen Kleingeld für die Fernrohre erübrigen«, foppte er sie. »Angeblich soll man an Tagen wie diesem über sechzig Kilometer weit sehen können.«

Sydney ergatterte tatsächlich eines der starken blauen Aussichtsteleskope und wurde ganz aufgeregt, als nach einigem Herumgesuche endlich der Arc de Triomphe im Sichtfeld erschien. Noah stand dicht neben ihr und machte sie auf die mächtige Kuppelkathedrale von Sacré Coeur und andere berühmte Bauten aufmerksam. Und jedes Mal, wenn sie mit dem Fernrohr seinem mal hierhin, mal dorthin weisenden Finger folgte, berührten sich sacht ihre Schultern. Er schien so gut wie alles über die Stadt zu wissen – Sehenswürdigkeiten, Straßennamen, Geschichte. Mehr und mehr verlor sich Sydney im weichen Klang seiner Stimme, verwundert darüber, wie sicher sie sich in seiner Nähe fühlte. Mit Noah an ihrer Seite und all den Touristen um sie herum fiel es ihr erstaunlich leicht, den Grund für ihren fluchtartigen Aufbruch aus dem Hotel zu vergessen.

»Was würden Sie davon halten, wenn wir von hier verschwinden und uns irgendwo ein nettes kleines Restaurant suchen, wo man etwas Vernünftiges zu essen bekommt?«, schlug er schließlich vor, nachdem Sydney mit ihrem Fernrohr jeden Winkel der Stadt abgegrast zu haben schien.

»Sie haben Hunger, nicht wahr?«, stellte sie schuldbewusst fest. Noahs Enttäuschung darüber, dass das Eiffelturm-Restaurant geschlossen war, hatte sie völlig verdrängt.

»Sie müssten doch auch allmählich hungrig sein«, sagte er. »Und wenn nicht, sollten Sie trotzdem was essen.«

Sein Vorschlag klang auf jeden Fall vernünftig. Nun, da der Fortgang ihrer Mission wieder relativ ungewiss erschien, mochte es sein, dass sie ihre Kräfte später noch brauchen würden.

»Wissen Sie, wo ich gern einmal essen würde?«, fragte sie. »In einem dieser Straßencafés, die man immer im Kino sieht.«

Noah lächelte, und einen Moment lang befürchtete sie schon, er würde sie abermals damit aufziehen, dass sie sich wie eine typische Touristin benahm. Doch alles, was er sagte, war: »Das sollte zu machen sein.«

Das Café, das sie einige Häuserblocks entfernt fanden, war genau so, wie Sydney es sich vorgestellt hatte, mit seinen kleinen, hübsch hergerichteten Tischchen, die auf einem breiten, von Bäumen überschatteten Trottoir aufgestellt waren und freien Ausblick auf die Menschen gewährten, die vorbeispazierten oder ihrem Tagewerk nachgingen. Weiß geschürzte Kellner eilten geschäftig hin und her und brachten den Gästen Sandwiches, Salate und beinahe bodenlos erscheinende Tassen Café au lait.

»Offenbar hatte ich mehr Hunger, als ich dachte«, gestand Sydney, während sie den letzten Bissen ihrer Tarte Tatin verdrückte, einer Art umgestülptem Apfelkuchen.

»Ich auch.« Noah warf einen Blick auf seine Armbanduhr. »Wir haben immer noch einiges an Zeit totzuschlagen. Möchten Sie vielleicht den Louvre besichtigen?«

»Machen Sie Witze? Klar!«

Sie zahlten die Rechnung, wobei sich Noahs mit einem fast schon lächerlichen Akzent behaftetes Französisch einmal mehr als ausgesprochen nützlich erwies, stiegen in ein Taxi und ließen sich zu dem nicht weit entfernten weltberühmten Museum kutschieren.

»Das gehört alles zum Louvre?«, rief Sydney staunend aus, als sie aus dem Wagen stieg. »Der ist ja riesig!«

Noah grinste. »Erwarten Sie nicht, alles an einem einzigen Tag zu schaffen.« Und dann streckte er seinen Arm aus und nahm sie bei der Hand.

Im ersten Moment der Überraschung wollte Sydney ihre Hand zurückziehen, doch dann ließ sie es zu. Schließlich traten sie als verheiratetes Ehepaar auf – und er spielte lediglich seine Rolle.

Egal, es gibt schlimmere Foltern, als mit Noah Händchen zu halten, dachte sie, während sie auf das Zentrum des wie ein gigantisches U angeordneten Museumskomplexes zuschritten. *Er mag zwar ein rücksichtsloser Boss sein, aber er ist immer noch ein verdammt gut aussehender Typ.*

Außerdem hatte sie, je besser sie ihn kennen lernte, immer mehr das Gefühl, dass das Leben Noah irgendwann einmal übel mitgespielt hatte. Sie wusste nicht, auf welche Weise, und sie wusste auch nicht, warum. Doch irgendwie konnte sie ihn spüren – diesen immer noch schwelenden Schmerz tief in seinem Herzen. Sollten sie sich jemals gegenseitig ins Vertrauen ziehen, würden sie sich gewiss eine Menge zu erzählen haben.

Ohne sich dessen bewusst zu werden, drückte sie fest seine Hand. Er erwiderte den Druck. Wieder zurück in die Gegenwart gerissen, blickte sie ihm erschrocken in die Augen. Hatte sie sich jetzt womöglich verraten? Wusste er nun, wie sie für ihn empfand?

Doch Noah lächelte sie nur an, schien der Situation wenig Bedeutung beizumessen.

Warum auch?, dachte sie erleichtert. Noah war kein Kind von Traurigkeit und gewiss ein Mann mit Erfahrung – keiner dieser postpubertären Studenten vom College, mit denen sie es bislang zu tun gehabt hatte. Händchenhalten war für ihn bestimmt nichts Besonderes. Für sie dagegen ...

Den Eingang zum Louvre bildete eine große, futuristisch anmutende Glaspyramide im Innenhof, flankiert von alten Gebäuden aus dem sechzehnten und siebzehnten Jahrhundert. Die aus gläsernen Vierecken zusammengefügte Konstruktion wirkte auf Sydney ebenso überdimensioniert wie deplatziert, wie ein Eisberg im warmen Wasser eines öffentlichen Planschbeckens.

»Diese Pyramide ...«, meinte sie zögernd, als Noah sie hineinführte. »Sie wirkt irgendwie so ... *neu.*«

»Da sind Sie nicht die Einzige, die so denkt«, erklärte Noah. »Als sie das Ding hier hingesetzt haben, gab es einen Riesenaufstand.«

»Bleibt sie auf Dauer hier?«

Noah sah sie mit einem halb ironischen Grinsen an. »Nichts auf der Welt ist wirklich von Dauer. Also, was möchten Sie sich zuerst ansehen? Wie wär's mit der ›Mona Lisa‹, kleine Touristin?«

Sydney nahm die Sonnenbrille ab und klemmte sie an ihren Hut. »Gehen Sie vor«, erwiderte sie voller Ungeduld.

Die nächsten paar Stunden gaben sie sich der Betrachtung zahlreicher weltberühmter Skulpturen und Gemälde hin, die das Museum unter anderem beherbergte: da Vinci, Michelangelo, die holländischen Meister und eine derartige Flut von französischen Bildhauern und Malern, dass es schier unmöglich war, sich all ihre Namen zu merken.

Sydney sah mittelalterliche und ägyptische Altertümer, Artefakte aus der Zeit der Griechen und der Römer, antikes Mobiliar und Geschmeide und sogar das unterirdische Fundament einer Festung, die vor Hunderten von Jahren den Plänen zur Errichtung eines Königspalastes weichen musste.

»Sie hatten Recht. Wir schaffen das niemals alles an einem Tag«, sagte sie schließlich zu Noah. »Mir ist jetzt schon ganz schwindlig.«

»Und was sagen Ihre Füße dazu?«, fragte er. »Darauf kommt es nämlich an.«

»Wollen wir denn noch woanders hin?«

»Kommen Sie mit«, sagte er. »Ich zeige Ihnen was.«

Draußen vor dem Museum stellten sie fest, dass sich die Luft des späten Nachmittags bereits merklich abgekühlt hatte. Sydney entknotete den Pullover, den sie sich um die Schultern geschlungen hatte, und streifte ihn sich über, während sie und Noah durch die gepflegte Parkanlage des Louvre schlenderten, die Straße überquerten und schließlich vor noch viel, viel größeren Gärten standen.

»Das ist der Jardin des Tuileries«, klärte Noah Sydney auf. »Ein weiteres Muss für jeden ordentlichen Touristen. Jetzt können Sie diesen Punkt auf Ihrer Liste mit den Sehenswürdigkeiten auch abhaken.«

Er machte sich schon wieder über sie lustig, doch das war Sydney egal. Während sie über den breiten Hauptweg wandelten, der das gartenarchitektonische Meisterwerk in zwei Teile schnitt, ließ sie erneut ihre Hand in die seine gleiten.

Vor ihnen tanzten drei Wasserfontänen in drei einzeln stehenden Brunnen, und zu ihrer Linken, im Licht des Nachmittags leicht grünlich schimmernd, floss behäbig die Seine. Schweigend gingen Sydney und Noah nebeneinander her, ein sich selbst genügendes Paar unter vielen anderen.

Als sie zu einer größeren Wasserfontäne gelangten, legte Noah seinen Arm um ihre Taille, um sie mit sich zu ziehen. Weit davon entfernt, die Gelegenheit verstreichen zu lassen, schmiegte sich Sydney an ihn, als wäre sie tatsächlich in ihn verliebt. Alles schien ihr so selbstverständlich, so völlig normal, dass sie fast vergaß, dass sie Agenten waren.

Vielleicht hätten sie noch eine weitere Fontäne auf diese Weise umrundet, doch Sydneys Aufmerksamkeit wurde bereits von etwas gefesselt, das in einiger Entfernung in ihr Blickfeld trat: eine riesige Steinnadel, die sich geradewegs gen Himmel reckte.

»Was ist das?«, fragte sie, nach vorne deutend, und drückte sich etwas näher an Noah als vielleicht nötig.

»Ein ägyptischer Obelisk. Wir kommen gleich daran vorbei.«

»Sie wissen wohl alles über diese Stadt, was?«, platzte sie, ihrer Neugierde schließlich nachgebend, heraus. »Wie oft sind Sie eigentlich schon hier gewesen?«

»Ein paar Mal«, erwiderte er schulterzuckend. Sein Gesichtsausdruck lud nicht dazu ein, noch weitere Fragen zu stellen, und so ließ Sydney es dabei bewenden.

Sie mussten eine breite, stark befahrene Straße überqueren, um zu dem Obelisken zu gelangen, doch als sie endlich am Fuß des steinernen Monuments standen, schaute Sydney ehrfürchtig an der mächtigen Säule empor. Sie erfuhr, dass auf dem vierkantigen, sich nach oben hin verjüngenden Obelisken von Luxor Hieroglyphen zu sehen waren, die vor etwa dreitausend Jahren in den Stein gemeißelt worden waren. Dreiundzwanzig Meter hoch über den Place de la Concorde aufragend, auf dem er sich befand, schien er, wie so vieles in Paris, ein bisschen größer zu sein als das Leben selbst.

»In dieser Stadt ist einfach alles außergewöhnlich«, seufzte Sydney, während sie mit Noah weiterzog. »Dieser ganze Ort steckt voller Magie.«

»Hoffentlich«, erwiderte Noah augenzwinkernd.

Sie lächelte verunsichert und fragte sich, was er damit sagen wollte. *Wahrscheinlich meint er unseren Auftrag. Ein wenig Glück könnte uns in der Tat nicht schaden.*

Doch nachdem er den ganzen Nachmittag über für sie den Fremdenführer gespielt hatte, jedem ihrer Wünsche sogleich nachgekommen war, sich überhaupt in allem so benommen hatte, als würde ihm aufrichtig etwas an ihr liegen ...

Dieses ganze Getue und Rumgeturtel ist nur unsere Tarnung, rief sie sich ins Gedächtnis. *Ich sollte endlich damit aufhören, in alles und jedes Gott weiß was hinein zu interpretieren ...*

Dennoch ...

»Die Champs-Élysées«, verkündete Noah, als sie eine große, dreispurige Straße erreichten. »Und? Machen Ihre Füße noch mit?«

»Denen geht's prima«, log sie. In Wahrheit wünschte sie, sie hätte ihre Joggingschuhe angezogen.

Die Avenue des Champs-Élysées, die wohl bekannteste Straße von Paris, war ebenso berühmt für ihre enorme Breite wie für jenen Punkt, an dem sie ihren Anfang nahm, den Arc de Triomphe. Doch darüber hinaus wurde so mancher Tourist wohl vor allem durch den Wunsch angelockt, einmal auf diesem geschichtsträchtigen Boulevard Shopping zu machen, wozu sich durchaus Gelegenheit bot. Tatsächlich gelangten Sydney und Noah, nachdem sie, vorbei an hochherrschaftlichen Gebäuden und die Prachtstraße säumenden Bäumen, eine ganze Weile weitergegangen waren, an eine riesige, von Menschen aus aller Herren Länder bevölkerte Kreuzung, hinter der sich endlich der Bereich mit den Ladengeschäften anschloss.

In dem Straßenabschnitt, der vor ihnen lag, schien das Leben nur so auf den breiten Bürgersteig hinauszusprudeln. Cafés hatten ihre Tische inmitten des Getümmels platziert, sodass sich der stete Strom von Fußgängern wohl oder übel an ihnen vorbeizwängen musste. Leute aßen, kauften ein, begrüßten Freunde oder standen einfach nur herum, und nicht wenige hatten sich, offenbar nach dem Motto sehen und gesehen werden, in eine Garderobe geworfen, die in L. A. völlig undenkbar gewesen wäre, für Paris indes genau das Richtige schien.

»Wow«, sagte Sydney.

Noah legte, augenscheinlich erfreut über ihre Reaktion, erneut seinen Arm um ihre Schultern, während sie sich durch die Massen auf dem Trottoir hindurchschlängelten. »Nicht übel, was? Ich bin immer schon gern hierher gekommen.«

Abermals verspürte sie den Drang, ihn darüber auszuquetschen, wie oft er bereits in Paris gewesen war, und warum, und für wie lange, doch es gelang ihr, sich zu beherrschen. Zum einen wollte er ganz offensichtlich nicht darüber reden. Zum anderen war sie sich nicht sicher, ob sie und Noah sich bereits nahe genug standen, um allzu persönliche Fragen zuzulassen.

Und wenn es tatsächlich mal so weit kommen sollte, werde ich ihn wahrscheinlich zuallererst fragen, woher er diese Narbe hat, beschloss sie mit einem Seitenblick auf sein Gesicht. Noahs Profil war sanft geschwungen, die Nase ein wenig gerundet, ebenso wie sein Kinn, und dort, direkt unterhalb seines Kiefers, verlief die Narbe, die sie so sehr faszinierte, in einem langen, gebogenen Strich. *Ich wette, er hat sie sich bei irgendeinem Agentenjob geholt.*

Eine durchaus aufregende Vorstellung, wenngleich sie auch hoffte, niemals mit einem ähnlichen Souvenir nach Hause zu kommen. Noah allerdings stand die Narbe ausgesprochen gut – der sichtbare Beweis dafür, dass er in eine gefährliche Sache hineingeraten war und es geschafft hatte, heil wieder herauszukommen. Es gab ihr ein Gefühl von Sicherheit zu wissen, dass er jemand war, der sich notfalls aus einer Klemme herauszuhauen verstand.

»Da sind wir«, sagte er plötzlich, zog sie mit sich und blieb vor dem Schaufenster eines kleinen, aber sehr vornehm anmutenden Antiquitätenladens stehen.

Noah nahm den Arm von ihrer Schulter und überließ es ihr, mit ihm hineinzukommen oder nicht. Sydney folgte ihm und betrat das Geschäft. Begeistert ließ sie den Blick über all die herrlichen Dinge wandern, die alle Winkel des Raumes füllten und zum Verkauf standen.

Soweit sich aus dem, was sie sah, schließen ließ, hatte sich der Laden auf antike Schreibtische und Federhalter spezialisiert. Noah stand bereits an dem Verkaufstresen weiter hinten im Geschäft und schien darauf zu warten, mit dem Verkäufer sprechen zu können, doch Sydney verspürte keine Eile. Gemächlich schlenderte sie an den Auslagen und den zum Verkauf stehenden Stücken vorbei, sowohl entzückt von den gediegenen Schreibtischen als auch von den eleganten Sekretären voller Schubladen und Fächer für solch unverzichtbare Utensilien wie Papier, Schreibfeder und Siegelwachs. Andächtig strich sie mit den Fingern über ein besonders schönes Kästchen aus Rosenholz, bewunderte die kunstvollen, auf Hochglanz polierten Messingbeschläge und wünschte sich, sie könnte es kaufen und als Erinnerungsstück an ihre erste richtige Mission mit nach Hause nehmen.

Der Verkäufer beendete sein Telefonat und begrüßte Noah auf Französisch.

»Ja, hallo. Mein Name ist Nick Wainwright«, erwiderte Noah mit gesenkter Stimme. »Sie haben etwas für mich, das ich angefordert habe?«

»Ah, Mr. Wainwright!«, entgegnete der Verkäufer. »Ja, Ihre Bestellung ist eingetroffen.«

Der Mann eilte davon und kehrte wenige Sekunden darauf mit einem großen viereckigen Paket zurück. Es war bereits als Geschenk eingepackt und steckte in einer Einkaufstüte aus buntem Papier.

Sydney trat gerade rechtzeitig an die Ladentheke, um mitzubekommen, wie Noah ein großes Bündel Euroscheine hervorzog und sie dem Mann ungezählt übergab. Der Verkäufer lächelte verbindlich und steckte das Geld ein. Niemand erwähnte eine Quittung.

Als Noah sich umdrehte, um das Geschäft zu verlassen, heftete sich Sydney sogleich an seine Fersen.

»Was ist in dem Paket?«, fragte sie neugierig.

Er warf ihr einen wütenden Blick zu, doch im nächsten Moment hatte er sich schon wieder in der Gewalt.

»Ein Geheimnis, das ich kenne und das du erst noch herausfinden musst«, neckte er sie mit seiner schönsten Ehegattenstimme. »Vielleicht etwas für deinen Geburtstag.«

KAPITEL 9

Es war bereits Abend geworden, als Sydney und Noah aus dem Taxi stiegen, das sie zurück an die Seine gebracht hatte.

Lichter glitzerten auf dem Fluss, Tausende und Abertausende von tanzenden hellen Pünktchen, hervorgerufen von den Häusern und erleuchteten Gebäuden am Ufer, den Brücken, Anlegestellen und den zahlreichen Schiffen, die immer noch auf dem tiefdunklen Wasser des Stroms auf und ab fuhren. Die meisten der Schiffe waren groß und voller Touristen, doch Sydney konnte auch einige Frachter und ein paar kleinere, schnellere Boote ausmachen, die, wie sie annahm, vermutlich irgendwelchen gut betuchten Ansässigen gehörten, denen der Sinn nach Zerstreuung stand.

Noah bedeutete ihr, ihm hinunter zu einem Anlegesteg zu folgen.

»Kommen Sie«, sagte er. »Wir machen eine kleine Bootsfahrt.«

»Von hier aus?«

Der Pier, den Noah für sie ausgeguckt hatte, war weder auffallend stark frequentiert noch sonderlich hell erleuchtet, lediglich ein paar kleine Boote dümpelten festgezurrt längsseits des Stegs vor sich hin. »Die großen Touristenschiffe legen aber dort drüben an«, bemerkte sie und wies auf das andere Ufer.

»Wir suchen etwas, das ein wenig ... privater ist«, erklärte er leicht gereizt. Er wandte sich um und marschierte entschlossen hinunter zum Pier, wobei die große Einkaufstüte, die er trug, bei jedem Schritt gegen sein Bein schlug. Sydney musste sich beeilen, um mit ihm mitzuhalten.

Von dem Moment an, als sie sein Paket in dem Antiquitätenladen abgeholt hatten, hatte sich sein Verhalten grundlegend verändert. Er wirkte angespannt, war wieder ungeduldig und barsch – ganz der Typ, der ihr heute Morgen so sehr auf die Nerven gegangen war. Doch diesmal wurde ihr etwas bewusst: Nicht sie war der Grund dafür, dass er sich so merkwürdig benahm, sondern ihre Mission. Wenn ihr Partner seinen Job machte, blieb offenbar wenig Raum für andere Dinge.

Noah blieb vor dem ersten Boot, auf dem sich jemand an Bord befand, stehen und bellte irgendeine Frage auf Französisch hinüber. Der Mann, der gerade dabei war, eine Luke zu säubern, unterbrach seine Arbeit und starrte Sydney und Noah an, als kämen sie von einem anderen Stern. Dann schüttelte er den Kopf und machte eine abwehrende Handbewegung. Unbeirrt stapfte Noah weiter den Steg hinunter.

»Was haben Sie zu ihm gesagt?«, fragte Sydney, während sie versuchte, mit ihm Schritt zu halten, doch er ging einfach weiter.

Am Ende des Piers lag, träge in den Kielwasserwellen vorbeifahrender Schiffe auf und ab schaukelnd, ein graues Kabinenboot vertäut. Die sich bereits vom Rumpf ablösende Farbe gab allen Grund zu der Annahme, dass es bereits bessere Tage gesehen hatte. Auf Deck saß zurückgelehnt auf einem Klappstuhl ein Mann, der seinen Wein direkt aus der Flasche trank.

»*Bonsoir!*«, rief Noah ihm zu. »*Ça va?*«

Aus trüben Augen spähte der Mann in der einsetzenden Dunkelheit zu ihnen hinüber, dann erhob er sich auf unsicheren Beinen von seinem Stuhl. Die Sachen, die er anhatte, waren zerschlissen und schmutzig, und auf seinem T-Shirt prangte ein großer, dunkler Rotweinfleck.

»Er ist betrunken«, flüsterte Sydney angewidert.

Noah lächelte humorlos. »Und abgebrannt. Zwei Punkte für uns.« Sydney auf dem Steg zurücklassend, sprang er an Bord und begann mit dem Mann zu reden.

Was immer Noah ihm auch erzählte, es schien dem Mann zu gefallen. Zwar unterbrach er Noah des Öfteren und machte dem Tonfall nach irgendwelche Einwände geltend, doch in seine Augen war ein Glitzern getreten, das seine heimliche Freude verriet. Wenige Augenblicke später zog Noah ein Bündel Geldscheine aus der Tasche und drückte sie dem Mann in die Hand. Ungläubig starrte der alte Säufer auf das Geld und versuchte dann so eilig von dem Boot herunterzukommen, dass er um ein Haar in die Seine gefallen wäre. Als er auf dem Pier an Sydney vorbeischwankte, zog er eine überwältigende, nach Schweiß und billigem Fusel riechende Dunstwolke hinter sich her.

»*Bonsoir*«, lallte er noch mit einem niederträchtigen Blinzeln, bevor er torkelnd in der Nacht verschwand.

»Kommen Sie schon. Steigen Sie ein«, forderte Noah Sydney auf und reichte ihr seine Hand.

Sie ergriff seinen Arm und kletterte an Bord. »Was haben Sie gemacht? Das Boot gekauft?«

»Sagen wir einfach, wenn der Alte es morgen hier wieder findet, wird er es als Bonus betrachten.«

»Aber wir bringen es doch zurück, oder?«

»Kann ich jetzt noch nicht sagen. Sind Sie in der Lage, so ein Boot zu steuern?«

»Das ist nicht Ihr Ernst.«

Abermals sah er sie mit seinem 007-Blick an. Wenn es um so alltägliche Dinge wie Essengehen und Stadtbesichtigung ging, war Noah ein Ausbund an Charme und Gelassenheit. Doch sobald es den Job betraf, war er so ungenießbar wie ein altes französisches Baguette.

»Es ist Ihr Ernst«, murmelte sie resigniert. »Na großartig. Zeigen Sie mir, wie man das Ding in Gang bringt.«

Sydneys Erfahrung mit Schiffen beschränkte sich auf Ruderboote, Kanus und einen eintägigen Crashkurs in Schnellbootfahren beim SD-6. Doch die Seine war ein großer Fluss, und was Noah da für sie gemietet, gekauft oder geborgt hatte, sah nicht eben nach einem Rennboot aus.

Wenn ich erst mal die richtige Richtung habe, was soll da noch groß schief gehen?, versuchte sie sich selbst Mut zu machen.

Noah warf den altersschwachen Schiffsmotor an und verschwand mit seinem Paket in der Kabine. Sydney konnte ihn dort unten in der Dunkelheit herumrumoren und leise vor sich hin fluchen hören, während sie ein paar herumliegende Sachen beiseite räumte. Das Boot wurde von Deck aus gesteuert, und sie verspürte wenig Lust, sich während irgendwelcher eiligen Manöver auch noch mit umherkullernden Weinflaschen herumschlagen zu müssen.

»Ich kann mir lebhaft vorstellen, wie es da unten riecht«, rief sie Noah durch die offene Luke zu.

Endlich ging in der Kabine ein Licht an, und Noah tauchte am unteren Ende der kleinen Einstiegsleiter auf. »Ich glaube nicht, dass Sie sich das wirklich vorstellen können. Also, können wir jetzt abfahren, oder was?«

Sydney kreuzte ihre Finger. »Von mir aus kann's losgehen.«

Mit vereinten Kräften legten sie vom Pier ab, und Sydney steuerte das Boot hinaus auf den Fluss. Mit jedem weiteren Meter, den sie zwischen sich und das Ufer brachten, schien Noahs Anspannung nachzulassen. Schließlich lehnte er sich, nun wieder die Ruhe selbst, lässig gegen die Außenwand der Kabine.

»Sie brauchen nicht mitten auf den Fluss hinauszufahren. Halten Sie sich auf dieser Seite und schippern Sie einfach ein bisschen herum. Wir haben es jetzt nicht mehr eilig.«

»Warum überhaupt das Boot?«, fragte Sydney nach einer Weile.

»Das Paket, das wir abgeholt haben, enthält das Empfangs- und Wiedergabegerät für die Wanzen und Kameras, die Sie bei Monique Larousse hinterlassen haben. Alles, was von ihnen seit heute Vormittag aufgezeichnet worden ist, wartet darauf, heruntergeladen zu werden. Und um das zu tun benötige ich einen absolut sicheren Ort. Einen Flecken, an dem wir ungestört sind. Und unbeobachtet.«

Er spähte den Fluss hinauf und hinab. Mittlerweile war es Nacht geworden, und kein weiteres Boot befand sich in ihrer Nähe.

»Der hier scheint mir für unsere Zwecke genau richtig sein. Wenn man mal von dem Gestank absieht«, fügte er hinzu. »Erinnern Sie mich daran, dass ich, wenn ich da unten mit allem fertig bin, diese Klamotten verbrenne.«

Sydney grinste. »Armer Noah.«

»Wie auch immer. Hören Sie, entfernen Sie sich nicht zu weit vom Ufer, aber halten Sie trotzdem immer genügend Abstand. Ich möchte nicht, dass irgendwer mehr von unserem kleinen Ausflug auf der Seine mitbekommt als nötig. Halten Sie die Augen auf und achten Sie auf alles und jeden, verstanden?«

»Wird gemacht.« Sie hielt das Steuer immer noch so fest umklammert, dass ihre Knöchel weiß hervortraten, doch sie spürte, wie in diesem Moment ihre Zuversicht wuchs.

»Alles klar«, rief Noah. »Ich werde jetzt das Gerät aufbauen. Rufen Sie mich, wenn Sie *irgendetwas* sehen.«

»Keine Sorge.«

In dem schwachen Schein der kleinen Lampe, die Noah in der Kabine angemacht hatte, konnte Sydney durch die Einstiegsluke sehen, wie er den schmalen Tisch in der Mitte freiräumte, der voller Pappschachteln und Plastikbehälter mit altem, vergammeltem Essen lag. Allein schon bei dem Gedanken an den fürchterlichen Gestank, der dort unten herrschen musste, wurde Sydney schlecht. Doch Noah schien unbeeindruckt: Ein Teil nach dem anderen landete in hohem Bogen in der bordeigenen Spüle. Dann stieß er einen Haufen schmutziger Wäsche von der zum Tisch gehörenden Sitzbank, ließ sich auf ihr nieder und widmete sich seinem Paket.

Das Gerät, das er daraus hervorholte, sah aus wie ein Laptop, an dem ein großer Kopfhörer hing. Noah setzte die Kopfhörer auf, kauerte sich vor das schwach leuchtende Computerdisplay und begann auf der Tastatur zu tippen. Er wandte Sydney sein Profil zu, doch sie konnte nur wenig von dem erkennen, was sich auf dem Bildschirm abspielte. Bald schon gab sie den Versuch auf. Was immer er dort unten tat, er würde vermutlich eine ganze Weile damit beschäftigt sein. In der Zwischenzeit hatte sie ein Boot zu steuern.

Kaum eigene Fahrt machend, trieb das Schiff den Fluss hinab, während Sydney nach allem Ungewöhnlichen Ausschau hielt. Während einer nächtlichen Fahrt auf der Seine fiel es nicht schwer nachzuvollziehen, warum Paris auch »Die Stadt der tausend Lichter« genannt wurde. Die Gebäude am Ufer flimmerten förmlich in dem Glanz prachtvoller Illuminierung, und Touristenschiffe richteten die grellen Kegel ihrer Scheinwerfer auf alles, was nicht ohnehin schon leuchtete wie ein Weihnachtsbaum.

Rote und grüne Signallampen blinkten auf kleineren Booten ähnlich dem ihren, und jedes noch so kleine Funkeln brach sich auf dem sanft dahinströmenden Wasser der nachtschwarzen Seine. Es lag etwas unendlich Friedliches darin, langsam den Fluss hinabzudriften und die kühle Nachtluft zu genießen.

Zumindest bis zu dem Augenblick, als Sydney bemerkte, dass sie direkt auf eine Flussgabelung zusteuerten.

»Noah!«, rief sie, unschlüssig darüber, was sie nun machen sollte.

Er sprang so jäh auf, dass er heftig mit dem Kopf an die niedrige Kabinendecke stieß. »Was ist los?«

»Vor uns gabelt sich der Fluss. Wo soll ich lang?«

Er machte Anstalten, ihr zu Hilfe zu eilen, doch als er vernahm, was ihr Problem war, stöhnte er verärgert auf. »Und deshalb bescheren Sie mir beinahe einen Herzinfarkt?«, schimpfte er. »Ist mir egal. Treffen Sie eine verantwortungsbewusste Entscheidung.«

Sie nickte und riss das Steuer nach rechts. Noah wandte sich wieder seinem Überwachungsgerät zu.

»Schon irgendwas Brauchbares entdeckt«, fragte Sydney, bevor er sich wieder die Kopfhörer aufsetzen konnte.

»Bis jetzt noch nicht. Ich hab die Fotos durchgesehen, die Sie mit Ihrem Ohrring gemacht haben – von den Verkäuferinnen und von Monique Larousse –, und sie dem SD-6 übermittelt, damit man dort überprüfen kann, ob eine dieser Personen in unserer Datenbank bekannter Agenten auftaucht.«

»Monique Larousse? Aber ich bin ihr doch nie begegnet.«

»Schwarzhaarige Puppe? Die mit dem *Nacht-der-lebenden-Toten*-Teint?«

»*Das* war Monique Larousse?«, fragte sie verblüfft und

erinnerte sich nun wieder an die äußerst übellaunige Frau, die sie nur für einen kurzen Moment gesehen hatte.

»Ein paar von den Kameras, die Sie positioniert haben, funktionieren nicht«, fuhr Noah fort.

»Was meinen Sie damit, sie funktionieren nicht?«, brauste sie auf. »Ich habe sie ordnungsgemäß angebracht!«

»Wahrscheinlich haben Sie das. Aber diese Technologie ist noch nicht ganz ausgereift. Sehen Sie, so winzig kleine Kameras ...« Er zuckte mit den Schultern. »Manchmal gehen sie einfach kaputt. Manchmal stößt jemand, ohne es zu merken, dagegen. Und manchmal kommt es zu irgendwelchen Störungen.«

»Was für Störungen?«

»Lassen Sie mich das hier zuerst einmal fertig machen, okay? Danach werde ich Ihnen alles erklären, was Sie wissen wollen.« Im nächsten Moment saß der Kopfhörer erneut auf seinem Kopf, und Noah war wieder ganz in seine Arbeit vertieft.

Ein großes Touristenschiff hatte zu ihnen aufgeholt und setzte gerade zum Überholen an. Sydney steuerte ein wenig näher zum Ufer und ließ es passieren. Das Schiff befand sich bereits ein gutes Stück vor ihnen, als plötzlich dessen Scheinwerfer aufflammten und die Turmspitzen einer prächtigen Kathedrale erhellten. Vor lauter Ehrfurcht hielt Sydney den Atem an.

»Meine Damen und Herren, *Notre Dame*«, schallte es von den Lautsprechern des Touristenschiffes zu ihr herüber, doch Sydney hätte dieses Hinweises nicht bedurft. Die alte Kathedrale bot in dem um sie herumgeisternden Scheinwerferlicht einen schier unglaublichen Anblick, wuchs und türmte sich immer höher und weiter in den Himmel hinauf, je näher sie herankamen. Sydney stellte sich die unzähligen geplagten Arbeiter vor, die dies alles vollbracht und ihr Leben einem Traum gewidmet hatten, den vollendet zu sehen den meisten in ihrem kurzen Dasein versagt geblieben war. Diese Generationen gottgläubiger und mörderisch hart arbeitender Menschen hatten etwas geschaffen, das sich in seiner Schönheit und Erhabenheit scheinbar über alles Irdische erhob.

»Hey, was sagen Sie dazu?«, rief Noahs Stimme sie wieder in die Gegenwart zurück. »Ich glaube, ich hab Ihr Paket gefunden.«

»Das aus dem Lieferwagen?«, fragte sie aufgeregt.

»Sehen Sie selbst.«

Er hob das Überwachungsgerät vom Tisch, kam damit zur Einstiegsluke hinüber und hielt den Bildschirm so, dass Sydney ihn gut sehen konnte. Dann drückte er eine Taste, und ein Videofile-Ausschnitt wurde gestartet.

In dem Wiedergabefenster tauchte die verlassene Kellertreppe des Modehauses auf. Plötzlich öffnete sich eine der seitlichen Türen, und ein großer und kräftiger glatzköpfiger Mann trat in den Flur, auf den Armen ein längliches, in Plastikfolie gewickeltes Paket.

»Das ist Arnaud, und das ist das Paket!«, rief Sydney aus.

»Schauen Sie weiter«, forderte Noah sie auf.

Arnaud machte ein paar Schritte auf die Innentreppe zu, schien dann jedoch zu zögern. Im nächsten Moment legte er seine Last auf dem Boden ab und machte sich daran, die schwarze Plastikfolie zu entfernen. Sydney beugte sich ein wenig vor und sah etwas Rotes aufblitzen, bevor Arnaud mit einem Ruck den Rest der Folie herunterriss und einen langen und schweren dunkelroten Stoffballen zutage förderte.

»Na toll«, ächzte sie enttäuscht auf. »Das sollten wir aber schleunigst dem Hauptquartier melden.«

»Er kommt später noch einmal zurück und schafft die

Plastikfolie nach draußen. Ich schätze, um oben keinen unnötigen Ärger zu bekommen – wovon wir allerdings ohnehin nicht viel mitbekommen hätten, denn oben funktioniert keine einzige Kamera.«

»Nicht eine?«

»Nein. Wir haben nur diese hier und die im Treppenhaus. Und weder die eine noch die andere hat irgendwelche interessanten Erkenntnisse erbracht.«

»Finden Sie das nicht ein bisschen seltsam?«, fragte sie. »Ich meine, dass alle drei Kameras im Erdgeschoss ausgefallen sind, während ausgerechnet die beiden, die sich nicht dort befinden, anstandslos funktionieren?«

Noah nickte nachdenklich. »Ja. Das ist in der Tat ein bisschen seltsam. Es gibt Mittel und Wege, die Übertragung von Kamerasignalen zu unterbinden ... diverse Störsender zum Beispiel. Auch der SD-6 besitzt einige von diesen Dingern, aber nur welche mit sehr geringer Reichweite und einer zeitlichen Kapazität von lediglich ein paar Minuten am Stück. Wir haben nichts, mit dem man eine komplette Etage ins graue Dunkel tauchen könnte, und das gleich für mehrere Stunden.« Er machte eine Pause, bevor er zerknirscht hinzufügte: »Zumindest nichts, von dem ich weiß.«

»Wenn wir so etwas hätten, wüssten Sie davon, davon bin ich überzeugt.«

Ein schiefes Grinsen erschien auf Noahs Gesicht. »Sie sind so naiv«, sagte er. »Vergessen Sie nicht, dass es das Geschäft der CIA ist, Informationen zu *sammeln,* und nicht, sie herauszugeben – nicht einmal an uns. Manchmal habe ich das Gefühl, je mehr ich erfahre, desto weniger blicke ich durch.«

»Also, was machen wir?«, fragte Sydney. »Noch mal hin und weitere Kameras verstecken?«

»Vielleicht. Hier, setzen Sie das mal auf«, sagte er und

reichte ihr den Kopfhörer. »Ich hab hier noch eine merkwürdige Sache.«

Sydney ließ das Steuerrad gerade lange genug los, um nach dem Kopfhörer zu greifen und ihn sich um den Nacken zu legen. Ohne ihren Hut abzusetzen, schob sie sich die gepolsterten Lautsprecher über die Ohren.

»Das Folgende stammt von der Abhörwanze in Ihrem Anproberaum«, erklärte ihr Noah und rief eine Sounddatei auf. »Um die Wahrheit zu sagen, ich hielt es zunächst für reine Verschwendung, dort eine Wanze anzubringen – viel zu öffentlich –, aber sie hat uns letztlich den einzigen Anhaltspunkt geliefert, den wir im Augenblick haben.«

Er startete die Wiedergabe-Taste.

Im ersten Moment war nichts zu hören als Stille. Dann nahm Sydney schwache Fußtritte wahr. Metallscharniere quietschten; eine Tür schloss sich leise. Abermals Schritte, diesmal wesentlich lauter – offenbar war jemand in den Umkleideraum gekommen. Wieder ein paar Fußtritte, gefolgt von einem schabendem Geräusch ... dann nichts mehr. Noch eine geschlagene Minute verbrachte Sydney mit Lauschen, doch es war kein einziger Laut mehr zu hören.

»Was meinen Sie, was das für ein Geräusch war?«, fragte sie.

Noah schüttelte den Kopf. »Keine Ahnung. Komisch ist vor allem die abrupte, völlige Funkstille bis zum Ende der Aufzeichnung. Als ob jemand einfach vom Erdboden verschwunden wäre.«

Mit großen Augen sah Sydney ihn an. »Dieser Agent des K-Direktorats«, erinnerte sie sich. »Der, den man hineingehen, doch nie wieder herauskommen gesehen hat ...«

»Interessant, nicht wahr?«

Noah startete die Aufzeichnung erneut, damit Sydney sie sich ein zweites Mal anhören konnte. »Sie sind in diesem Umkleideraum gewesen, nicht ich«, sagte er. »Haben Sie irgendeine Idee, was in dem Zimmer so ein Geräusch verursachen könnte?«

»Nicht wirklich.« In Gedanken ging sie alle Einrichtungsgegenstände durch, die sich in dem Raum befunden hatten, als ihr Blick plötzlich auf etwas fiel, das sie alles andere schlagartig vergessen ließ.

»Noah!« raunte sie ihm eindringlich zu. »Ein Boot!«

Hinter ihnen, sich leicht links haltend, war ein kleines Boot bis auf etwa zwanzig Meter an sie herangekommen. Und im Gegensatz zu all den anderen Schiffen auf dem Fluss fuhr dieses hier völlig ohne jede Beleuchtung; nicht einmal die vorgeschriebenen Signallichter waren eingeschaltet. Der schmale Rumpf war kaum mehr als ein dunkler Schatten auf dem tiefdüsteren Wasser.

»Geben Sie Gas!«, schrie Noah und warf das Überwachungsgerät auf den Tisch in der Kabine. Die daran befestigten Kopfhörer wurden unsanft von Sydneys Ohren gerissen und polterten die Treppe hinab. Mit einem Satz war Noah am Steuerstand und drückte den Schubregler bis zum Anschlag nach vorn.

Stotternd und Rauchwölkchen ausspuckend protestierte der Motor, bevor er aufheulend auf Höchstgeschwindigkeit ging. Sydney wurde durch die jähe Beschleunigung nach hinten gerissen und konnte sich gerade noch am Steuerrad festhalten. Ihr Hut flog über Bord und nahm die Sonnenbrille, die noch immer an ihm steckte, mit sich ins nasse Grab. Um ihr Gleichgewicht ringend, versuchte Sydney den Kurs zu halten, während sie mit Volldampf die Seine hinunterjagten.

»Ist das nicht ein bisschen zu auffällig?«, brüllte sie Noah über den Motorenlärm hinweg zu.

»Nicht, wenn sie hinter uns her sind ... Yep. Wie ich's mir dachte!«

Sydney warf alarmiert einen Blick über die Schulter. Auf dem kleinen Boot hinter ihnen flammten sämtliche Lichter auf, und mit aufheulenden Maschinen nahm es die Verfolgung auf. Der Abstand, den Sydney zwischen sich und das fremde Boot gebracht hatte, wurde zusehends geringer.

»Sie müssen häufiger die Richtung ändern«, rief Noah, während er im Heck niederkniete und seine Waffe zog. »Davonfahren können wir ihnen nicht, also müssen wir sie irgendwie abhängen.«

»Wie soll ich sie denn hier mitten auf dem Fluss abhängen?«, schrie Sydney panisch zurück.

Noah hatte seine Unterarme bereits auf die hintere Reling gestützt, die Waffe auf die sich unaufhaltsam nähernden Verfolger gerichtet. »Sie sind der Steuermann. Lassen Sie sich was einfallen.«

Sydney hielt das Lenkrad fest umklammert, während beide Boote weiter den Fluss hinunterpreschten. In Anbetracht der laut röhrenden Motoren und der buchstäblichen Welle, die sie machten, schien es so gut wie sicher, dass jeden Moment die Wasserschutzpolizei aufkreuzen würde.

Was nicht einmal das Schlechteste wäre, dachte Sydney. Zumindest würde die Beamten nicht versuchen, sie umzubringen; etwas, dessen sie sich hinsichtlich der Insassen des Bootes hinter ihnen, wer immer sie auch sein mochten, nicht so sicher war.

»Sie holen auf. Tun Sie irgendwas!«, bellte Noah sie an.

Sydney riss das Steuer hart nach links und drehte es, Hand über Hand, so weit wie möglich herum. Das Heck des Bootes brach aus, schlingerte ein paar Mal hin und her wie der außer Rand und Band geratene Schwanz eines

Fischs. Verzweifelt begann sie, gegenzulenken, doch das Boot hatte bereits eine Wende um zweihundertsiebzig Grad vollzogen und raste nun direkt aufs Ufer zu. Gerade noch rechtzeitig schaffte sie es, ihren Kamikazekurs zu korrigieren, mit dem Ergebnis, dass der Bug nun flussaufwärts wies und sie in eben die Richtung fuhren, aus der sie gekommen waren.

»Ja! Sehr gut!«, rief Noah ihr anspornend zu.

Der Puls in ihrer Halsschlagader hämmerte wie eine Nähmaschine, und wenn sie nur fünf Sekunden Zeit gehabt hätte, um über das nachzudenken, was sie hier tat, hätte sie sicher das Handtuch geworfen. Diverse Hormonausschüttungen, ausgelöst durch Angst, Stress und Panik, vermischten sich in ihrem Blut zu einem Cocktail, dessen Wirkung sie bis an ihre Grenzen trieb.

Gehetzt warf sie einen Blick nach hinten. Das andere Boot hatte ebenfalls gewendet, doch bei diesem Manöver einiges an Zeit verloren. Vor ihr teilte sich abermals der Fluss. Sydney steuerte hart nach rechts und lenkte das Boot an einer kleinen Insel zu ihrer Linken vorbei. Das andere Boot folgte ihnen, das Manöver früh genug erkennend, ohne Probleme.

»Das ist die Île Saint-Louis«, rief Noah ihr über die Schulter hinweg zu. »Direkt dahinter kommt die Insel mit Notre Dame. Versuchen Sie zwischen beiden hindurchzukommen, vielleicht können wir die Typen so abhängen.«

Kurz darauf konnte Sydney an Backbord die schmale Passage auftauchen sehen. Das Verfolgerboot fuhr erneut mit voller Kraft und hatte bereits wieder bis auf wenige Meter aufgeschlossen. Sydney hielt die Luft an und riss das Steuer nach links. Abermals drohte das Heck auszubrechen ...

»Wir schaffen's nicht!«, schrie sie zu Noah hinüber.

Die Wasserstraße zwischen den beiden Inseln befand

sich nun in einem Winkel zu ihrem Boot, der annähernd eine volle Wende erforderlich machte, um heil auf der anderen Seite herauszukommen. Sydneys Boot würde bestenfalls neunzig Grad schaffen und dann gegen die Uferböschung krachen.

»Mehr nach links!«, brüllte Noah.

Mit aller ihr zu Gebote stehenden Kraft stemmte sie sich gegen das Steuerrad, bewegte es Stückchen für Stückchen weiter. Doch unaufhaltsam raste das Ufer näher. Doch es war nicht das sich sanft und allmählich zum Land hin erhebende Gestade eines natürlichen Flussbettes, sondern eine etliche Meter hohe Schutzmauer aus massivem Beton. Langsam schob sich der Bug ihres Bootes weiter nach links ... Aber würde es reichen?

Nur knapp gelang es Sydney, eine Frontalkollision mit der Insel zu vermeiden, doch das Heck ihres Bootes geriet einmal mehr ins Schlingern und knallte gegen die Mauer. Von dem Aufprall zu Boden gerissen, schlug Sydney auf dem rauen Deck der Länge nach hin und schrammte sich Hände und Beine auf, während das Boot führerlos durch die Flussenge taumelte.

Noah sprang auf und übernahm das Steuer. »Sind Sie okay?«, rief er.

Sydney kam auf die Knie und blickte nach hinten. Das Verfolgerboot hatte offensichtlich die gleichen Probleme, an der Insel vorbeizukommen, wie sie, doch aufgrund seiner hohen Geschwindigkeit weitaus weniger Glück. Mit voller Wucht krachte es mit der Breitseite gegen die Kaimauer, wurde bis in die Mitte des Flusses zurückgeschleudert und ging in Flammen auf.

Noah drosselte den Motor und schaute auf das brennende Wrack. »Netter Fahrstil«, meinte er ungerührt.

Sydney versuchte wieder aufzustehen, doch ihre Beine knickten unter ihr weg. Sie zitterte am ganzen Körper. An

Deck kauernd sah sie dabei zu, wie die Flammen auf dem anderen Boot immer größer wurden, immer höher hinaufzüngelten in den nächtlichen Himmel.

Das hätten wir sein können, schoss es ihr durch den Kopf.

Und dann sah sie noch etwas.

Vor dem hellen Hintergrund der lodernden Flammen löste sich eine schwarze Gestalt von dem Boot, tauchte ins Wasser, erschien kurz darauf wieder an der Oberfläche und schwamm davon.

Noah war dies ebenfalls nicht entgangen, und sogleich nahm er wieder Fahrt auf, doch noch bevor er das Boot gewendet hatte, war der einsame Schwimmer bereits in der Dunkelheit verschwunden.

Mit einem grimmigen Ausdruck im Gesicht drehte Noah sich zu Sydney um.

»Okay, jetzt ist es offiziell«, sagte er. »Dies hier ist die längste Zeit ein simpler Aufklärungsauftrag gewesen.«

KAPITEL 10

»Fühlen Sie sich in der Lage, wieder das Steuer zu übernehmen?«, fragte Noah.

Er manövrierte das Boot von der Insel fort und hin zur Flussmitte, und gemächlich, um keine weitere Aufmerksamkeit zu erregen, tuckerten sie für eine Weile Richtung Westen.

Hinter ihnen konnte Sydney Sirenengeheul hören, doch nach einer Weile verlor es sich in der Nacht. Mit ihm verschwand allmählich auch ihr Zittern, ließ sie erschöpft und wie betäubt zurück.

Nichts schien ihr mehr real – nicht der SD-6, nicht das K-Direktorat, und schon gar nicht die irrsinnige Verfolgungsjagd, die sie sich soeben mit dem anderen, nun wie eine brennende Fackel auf der Seine treibenden Boot geliefert hatten. Nickend nahm sie wieder ihren Platz am Steuer ein.

Sofort verschwand Noah in der Luke zur Kabine und kam gleich darauf mit dem laptopähnlichen Überwachungsgerät und den Kopfhörern zurück.

»Bringen Sie uns da vorne hin, wo es am tiefsten ist«, wies er sie an und deutete in die entsprechende Richtung. Als Sydney die Stelle, die er ihr bezeichnet hatte, erreichte, warf er das gesamte Equipment kommentarlos über Bord.

»Brauchen wir das denn nicht mehr?«, fragte sie, als die Ausrüstung unterging.

Noah zuckte die Achseln. »Wir können sie nicht mit

uns herumschleppen, und auf dem Boot zurücklassen können wir sie erst recht nicht.«

Sie nickte, mit einem Mal mehr als froh darüber, dass er die Verantwortung trug. In ihrem derzeitigen Zustand war sie nicht einmal fähig, die allerkleinste Entscheidung zu treffen; sie hatte schon genug damit zu tun, sich überhaupt auf den Beinen zu halten.

Als sie an dem Pier ankamen, von dem aus ihr nächtliches Abenteuer begonnen hatte, übernahm Noah wieder das Steuer. Mit einem beherzten Satz sprang Sydney auf den Anlegesteg und machte die Leine an einer der Klampen fest.

»Wie schwer hab ich es wohl ramponiert?«, fragte sie, auf das Heck ihres Bootes deutend, als Noah ebenfalls an Land kam. Die Seite, mit der sie gegen die Ufermauer der Insel gekracht waren, lag dem Wasser zugewandt, sodass sich der Schaden nicht einschätzen ließ.

»Es schwimmt noch, und es fährt noch«, erwiderte er gleichgültig. »Glauben Sie mir, der Typ wird sich bestimmt nicht beschweren. Kommen Sie.«

Er rannte den Pier hinauf, und Sydney blieb keine andere Wahl, als ihm zu folgen.

An der Straße angelangt, hielt Noah sogleich das erstbeste Taxi an. »*Nous allons au Cimetière du Père Lachaise*«, schleuderte er dem Fahrer entgegen, als er die hintere Wagentür aufriss. »*Dépêchez-vous! Je vous payerai le double si vous y arrivez rapidement.*«

Sydney war kaum eingestiegen, da startete der Fahrer bereits mit quietschenden Reifen durch. Unsanft wurde sie gegen die Rücksitzlehne geworfen.

»Noah!«, rief sie verblüfft.

»Was?«

»Sie sprechen Französisch!«

Er verzog das Gesicht. »Ich spreche schon die ganze Zeit Französisch.«

»Ja, aber mehr schlecht als recht. Und jetzt auf einmal ...«

Mit einem Kopfschütteln und einem warnenden Blick auf den Fahrer brachte er sie zum Schweigen. »Was immer Sie mir erzählen wollen, erzählen Sie's mir später!«

Sydney stellte keine weiteren Fragen mehr, doch sah sie ihn nach wie vor forschend von der Seite her an.

Er hat diesen idiotischen Akzent bloß vorgetäuscht, als Teil der Rolle, die er spielt, dämmerte es ihr. Tatsächlich jedoch war, wie sie soeben gehört hatte, seine Aussprache perfekt. Diese Entdeckung nötigte ihr nur noch mehr Respekt vor ihm ab. Wie fähig sie ihn auch immer eingeschätzt hatte, stets bewies er ihr aufs Neue, dass noch weitaus mehr in ihm steckte.

Den Rest der Taxifahrt verbrachten sie schweigend. Während der Fahrer sich darauf konzentrierte, bei der überhöhten Geschwindigkeit, mit der er durch die Stadt jagte, keinen Unfall zu bauen, hing ihm Noah nach vorn gebeugt im Nacken und schien ihn zu noch mehr Eile antreiben zu wollen. Sydney kauerte derweil erschöpft auf dem Rücksitz und ließ die Straßen an sich vorüberfliegen, ohne irgendeine Ahnung zu haben, wohin sie eigentlich fuhren. Ganz offensichtlich hatte Noah einen Plan, doch sie würde schon noch früh genug erfahren, worin dieser bestand.

Ihr Gottvertrauen erhielt allerdings einen empfindlichen Dämpfer, als das Taxi wenige Minuten später in eine völlig verlassene Seitenstraße einbog und mitten im urbanen Niemandsland anhielt.

»*Nous voici!*«, verkündete der Fahrer und blickte Noah erwartungsvoll an.

Im Gegensatz zu den hellen Lichtern der Großstadt breitete sich nun Dunkelheit vor ihnen aus; die Gegend, in der sie sich befanden, schien von der Finsternis förmlich verschluckt zu werden. Sydney fuhr mit der Hand über die von innen beschlagenen Fenster, doch sie konnte immer noch nicht viel erkennen.

Nachdem er dem Fahrer ein paar Geldscheine hingeworfen hatte, ergriff Noah Sydneys Hand und zerrte sie aus dem Taxi. Sie standen direkt vor einem Friedhof.

»Sie wollen mich wohl auf den Arm nehmen«, sagte Sydney, als das Taxi wieder davongefahren war. »Was tun wir hier?«

»Das werden Sie schon sehen«, erwiderte Noah, bereits auf den Friedhofszaun zueilend.

»Ich möchte Ihren Eifer ja nur ungern bremsen, aber ich glaube nicht, dass jetzt Besuchszeit ist.«

Noah wandte sich gerade lang genug um, um ihr seinen Einsatzleiter-Blick zuzuwerfen. Sydney seufzte, kletterte hinter ihm über die Einfriedung und landete auf der anderen Seite sicher wieder auf den Füßen.

Der Cimetière du Père Lachaise war riesengroß, in tiefste Nacht gehüllt und voller Gräber und Grüfte – kurz: über alle Maßen gruselig. Die wie dahingestreut am Himmel stehenden Sterne vermochten ihren Weg nicht zu erhellen, und auch der fahle Schein des Mondes ließ die Schatten nur noch düsterer und unheimlicher erscheinen. Sydney hielt sich dicht hinter Noah, während dieser von Grabmal zu Grabmal schlich, immer Ausschau haltend nach irgendeinem Wächter.

Sie waren bereits tief in das Herz des Friedhofs vorgedrungen, als Noah schließlich vor dem ausladenden Portal einer großen Familiengruft stehen blieb. Nach allen Seiten in die Finsternis spähend, vergewisserte er sich, dass sie unbeobachtet waren, und wandte sich sodann der eisernen Tür zu, die den Zugang zum Grabmal versperrte. Düster und massiv, und rostig wie sie war, wirkte sie, als wäre sie vor Jahrhunderten zum letzten Mal geschlossen worden. Ein schwerer Türklopfer hing in ihrer Mitte.

Noah hob den Eisenring an, doch anstatt ihn dann wieder herabfallen zu lassen, drückte er ihn ganz nach oben gegen die Tür. Dann kniete er sich rasch hin und presste seine Hand gegen die unterste Platte des Portals.

Zu Sydneys maßloser Verwunderung begann die Platte zu glühen. Sie sah, wie ein schmaler horizontaler Lichtbalken sich langsam von oben nach unten bewegte und Noahs Handfläche scannte. Ein lautes Klicken durchbrach die Stille, und die Tür schwang auf.

»Schnell«, trieb Noah sie zur Eile an, packte sie am Arm und zog sie mit sich in die stockdunkle Gruft. Mit einem leisen Geräusch fiel die schwere Tür hinter ihnen wieder ins Schloss.

»Wo sind wir hier?«, flüsterte Sydney geschockt.

»In einem Ausrüstungsdepot des SD-6«, antwortete Noah, ohne seine Stimme zu senken. »Schalldicht, kugelsicher und bis oben hin voll mit Zeug, das wir brauchen.« Er machte ein Pause, dann fuhr er, nun mit deutlich formellerem Tonfall, fort: »Computer, Stimmerkennung, Agent Noah Hicks.«

An der Decke flammte eine rote Lampe auf und erhellte einen kleinen, rechteckigen Raum. Hinter ihnen befand sich die Wand mit der Eingangstür und direkt vor ihnen eine weitere, in der zahlreiche Gedenksteine die einzelnen Sargkammern der Toten bezeichneten, die in der Gruft ihre letzte Ruhestätte gefunden hatten. Überrascht ließ Sydney ihren Blick durch die unerwartet schaurige Kammer wandern.

»Das hier ist ein Ausrüstungsdepot?«, fragte sie verdutzt. Sie hatte bereits von diesen Lagern gehört – geheime Zufluchtsorte, über den ganzen Erdball verteilt –, aber sie hatte nicht geahnt, dass sie so aussahen.

Noah streckte die Hand aus und drückte seinen Daumen gegen eine Steingravur. Ein weiterer Scan, und die gesamte Wand mit den vermeintlichen Sargkammern versank geräuschlos im Boden, eine Mauerattrappe, hinter der sich der wahre Zweck der Totengruft verbarg.

Sie befanden sich nunmehr in einem etwa drei Quadratmeter großen, fensterlosen Raum. Einige Regale an der linken Wand waren bis zum Bersten gefüllt mit Geheimdienst-Equipment. Auf der rechten Seite lehnten an einem mit einer Plane abgedeckten großen Irgendwas, das in der Ecke stand, ein paar aufeinander gestapelte Kisten. Noah ging hinüber, nahm einen schwarzen Rucksack vom Haken und warf ihn Sydney zu.

»Nehmen Sie sich, was Sie brauchen«, sagte er, »wir kommen nämlich nicht mehr ins Hotel zurück.«

Sich sodann den Regalen zuwendend, begann er das Inventar zu durchwühlen und ließ alles, was er für nützlich befand, hinter sich auf den Boden fallen.

»Worauf warten Sie? An die Arbeit«, forderte er Sydney auf, als er bemerkte, dass sie sich keinen Zentimeter von der Stelle gerührt hatte. »Hier. Ich denke, diese Hosen haben in etwa Ihre Größe.« Ein Paar schwarze Stretchhosen flogen in Sydneys Richtung, gefolgt von einem dazu passenden Rollkragenpulli. »Am besten probieren Sie auch gleich ein paar von diesen Schuhen an. Mit denen, die Sie anhaben, kommen Sie nicht weit, wenn wir Fersengeld geben müssen.«

Indem sie Noah den Rücken zuwandte, zog Sydney sich rasch um, zwängte sich unter dem Kleid in die Stretchhosen, bevor sie es gegen den Rollkragenpulli tauschte. Für den Fall, dass sie sie noch einmal benötigen würde, faltete sie anschließend ihre Designersachen ordentlich zusammen und verstaute sie zusammen mit den Sandaletten in ihrem Rucksack. Als sie sich wieder umdrehte, trug Noah ebenfalls schon schwarze Hosen. Weiter war er allerdings noch nicht gekommen. Die Muskeln und

Sehnen seines nackten Oberkörpers spannten sich, als er in eines der oberen Regale langte und einige kleine Plastikschachteln herunterholte. Verlegen wandte Sydney ihren Blick ab, doch Noah schien ihre Irritation nicht einmal zu bemerken.

»Sender«, erklärte er, öffnete jede einzelne der Schachteln und überprüfte deren Inhalt. Nachdem er offenbar gefunden hatte, was er suchte, reichte er Sydney eines der Kistchen. »Schnappen Sie sich einen von diesen Allzweckgürteln und machen Sie das Empfangsteil daran fest. Anschließend verbinden Sie dieses Kabel mit dem Mikro und dem Knopfhörer.«

Sydney tat, wie ihr geheißen, während Noah nach einem Hemd für sich suchte. Anders als die winzig kleinen Sender, die sie bislang benutzt hatten, waren diese hier schwer, unhandlich und kaum zu übersehen. Das Empfangsteil war breiter als der Gürtel, der Hörer wurde außen am Ohr befestigt und das damit verbundene Mikro über ein schmales Gestell seitlich des Kopfes hinunter zum Kinn geführt.

»Ich komme mir vor wie ein Rockstar«, witzelte sie. »Fehlen nur noch die Fans.«

Noah lächelte anerkennend. »Damit sind Sie in bester Gesellschaft. Jim Morrison liegt hier nämlich irgendwo begraben.«

Ausdruckslos lächelte Sydney zurück. Ein Rockstar zu sein war eine Sache; ein toter Rockstar zu sein hingegen erschien ihr im Augenblick nicht so wahnsinnig amüsant. Sie ging zu dem Regal hinüber und fand ein Paar passende schwarze Schuhe und Socken. Sie war noch damit beschäftigt, sich die Schnürsenkel zuzubinden, als Noah bereits auf sie zutrat.

»Welchen Revolver möchten Sie«, fragte er. In jeder seiner ausgestreckten Hände lag eine Waffe.

»Revolver?«, echote sie. »Wozu?«

»Für unseren zweiten Besuch bei Madame Monique natürlich. Wir müssen noch einmal dahin und dort alles gründlich durchsuchen, bevor die Leute vom K-Direktorat Zeit haben, ihre Spuren zu verwischen.«

»Wir gehen bewaffnet dorthin?«

Überrascht sah Noah sie an. »Na ja ... klar.«

Blindlings nahm Sydney einen der Revolver. Sie hatte gelernt, mit beiden Modellen umzugehen, doch besaß sie weder mit dem einen noch mit dem anderen hinreichend Erfahrung, um wirklich so etwas wie eine Meinung zu haben. Wenn sie einmal fertig ausgebildete Agentin war, würde sie ihre eigene Waffe erhalten, doch die einzige Gelegenheit, bei der sie als Rekrutin so ein Ding in die Finger bekam, war auf dem Schießstand. Bis jetzt.

Noah warf ihr das Holster zu, das zu ihrem Revolver gehörte. »Vergessen Sie nicht, genügend Munition einzustecken. Und beeilen Sie sich – wir vertrödeln hier nur unnötig viel Zeit.«

Sydney schnallte sich den Revolver um, in der Hoffnung, ihn nicht einsetzen zu müssen. Sie war nach Paris geschickt worden, um Kleider einzukaufen, und nun steckte sie mitten in einem knallharten Agententhriller. Bei dem Tempo, in dem die Dinge eskalierten, war nicht abzusehen, welches Ende die Sache noch nahm.

Während sie in dem Regal nach der Munition für ihre Waffe kramte, fiel ihr ein Satz Dietriche in die Finger. Kurzerhand ließ sie sie in ihren Rucksack wandern. Sie war bereits ein ziemliches Ass, was Schlösserknacken anbelangte, und auf verschlossene Türen würden sie in dem Modehaus sicherlich reichlich stoßen. Noah rüstete sich noch mit einem Nachtsichtgerät aus, und jeder von ihnen hängte sich zudem eine Taschenlampe an den Allzweckgürtel. Anschließend schob sich Noah eine zweite Waffe in den Hosenbund und eine dritte in ein Holster an seinem Bein. Zu guter Letzt komplettierten sie ihre Ausstattung mit weiten, schwarzen Windjacken, die das meiste ihrer Ausrüstung verbargen.

»Sind Sie so weit?«, fragte Noah, während er sich den Rucksack über die Jacke streifte.

Sydney nickte.

»Gut.«

Noah ergriff die Plane in der einen Ecke des Raumes und riss sie mit einem kräftigen Ruck beiseite. Der Überwurf sank zu Boden und gab den Blick frei auf ein Motorrad und zwei Helme. Den einen warf Noah Sydney zu, den anderen setzte er sich selbst auf. Dann schob er das Zweirad auf die freie Fläche in der Mitte des Depots. Ein Bein über den Fahrersitz schwingend, forderte er Sydney mit einer knappen Kopfbewegung auf, auf dem Sozius Platz zu nehmen.

»Halten Sie sich gut fest«, wies er sie an. »Und keine falsche Schüchternheit.«

Seine Stimme kam klar und deutlich über den Kopfhörer, doch da seine Augen unter dem Helm nicht mehr zu sehen waren, vermochte Sydney nicht zu sagen, ob er sie schon wieder aufzog oder nicht. Dennoch schlang sie die Arme fest um seinen Körper und drückte sich eng an seinen Rucksack.

»Ich hoffe, Sie haben hier nicht noch irgendwelche Revolver drin«, murmelte sie nervös.

»Nur ein paar Handgranaten.«

»Was? Noah!«

»Ich mach nur Spaß«, sagte er und versuchte sich weit genug herumzudrehen, um sie anzuschauen. »Schon mal was von Galgenhumor gehört?«

»Die dummen Sprüche, die die Leute ablassen, wenn sie zu ihrer eigenen Hinrichtung gehen? Passt ja großartig. Vielen Dank für die Aufmunterung.«

»Nein! Es ist nur ... Ach, vergessen Sie's. Sie sind einfach viel zu empfindlich.«

»Ich empfindlich?«, protestierte sie.

Er drehte sich wieder nach vorne. »Können wir jetzt losfahren, oder was?«

»Ja, sagte ich doch schon.«

»Na prima.« Noah warf den Motor an. »Computer!«, rief er laut. »Exitprozedur initiieren.«

Das rote Licht über ihren Köpfen erlosch, die schwere Tür der Gruft schwang auf, und Sydney und Noah donnerten hinaus in die Nacht.

Bei der zweiten Abbiegung, die Noah mit Höchstgeschwindigkeit einschlug, hatte Sydney bereits gelernt, dass sie sich mit ihm in die Kurve legen musste. Beim ersten Mal wäre sie beinahe vom Motorrad gerutscht, und noch immer pochte ihr Herz heftig vor lauter Aufregung über diese neue Erfahrung.

Hoffentlich sind wir bald da, dachte sie nervös. Abgesehen von dem Bruchteil einer Sekunde, den er benötigte, um das Friedhofstor zu öffnen, hatte Noah nicht ein einziges Mal die Hand vom Gas genommen, seit sie das Ausrüstungsdepot verlassen hatten. Wahrscheinlich befanden sie sich schon ganz in der Nähe des Couturier-Hauses.

Ich wollte, ich wüsste, was uns dort erwartet.

Würden sie die Revolver benutzen müssen, die sie bei sich trugen? Für Noah bedeutete der Umgang mit Waffen gewiss nichts Besonderes, doch ihr bereitete der Gedanke, auf jemanden zu schießen, mehr als nur Bauchschmerzen. Das einzig Schlimmere wäre indes, dass jemand auf sie schoss.

Dabei sollte es gar kein gefährlicher Auftrag werden!, beklagte sie sich in Gedanken. *Wilson würde der Schlag treffen, wenn er mich jetzt sehen könnte.*

Oder vielleicht auch nicht?

Schließlich hatte sie begeistert eingewilligt, als Geheimagentin zu arbeiten, und Wilson hatte ihre Ausbildung übernommen. Möglicherweise war er ganz genau darüber im Bilde, was hier und in diesem Augenblick geschah.

Die Lichter von Paris rauschten an ihr vorbei, ebenso unscharf und flüchtig wie ihre eigenen verworrenen Gedanken.

Sydney atmete tief durch. *Ich sollte mir langsam darüber klar werden, was ich machen soll, wenn wir dort sind.*

Nur leider hatte sie diesbezüglich nicht die geringste Ahnung. *Vor allem darf ich nicht die Nerven verlieren. Noah hat schon viele solcher Missionen hinter sich – er wird bestimmt nicht einfach wild drauflosballern.*

Wahrscheinlich nicht.

Ein weiterer tiefer Atemzug. Prickelnd strich die kühle, frische Nachtluft über jeden Zentimeter ihres Körpers. Sydney versuchte, ihre Sinne beieinander zu halten, die Sorge über das, was vor ihr lag, aus ihren Gedanken zu verdrängen. Das Heulen des Motorrads in ihren Ohren, der Geruch nach alten Gemäuern, nach Abgasen und Asphalt, die Nähe und Wärme von Noahs Körper, die blendenden Lichter überall um sie herum ...

Es funktionierte nicht.

Jede einzelne Wahrnehmung brachte ihr nur noch mehr ins Bewusstsein, dass dies vielleicht die letzte Nacht in ihrem Leben war.

»Noch etwa eine Minute«, hörte sie Noahs Stimme an ihrem Ohr. »Stellen Sie sich darauf ein, dass alles sehr schnell gehen muss, wenn wir da sind.«

Sie nickte, nicht bedenkend, dass er sie nicht sehen konnte.

Die Abzweigung in die bereits vertraute Gasse kam

in Sicht, und Noah bog ohne abzubremsen ein. Laut hallte das Motorengeräusch der Maschine von den Häuserwänden wider, als sie auf den Hintereingang des Modehauses zurasten. Endlich hielt Noah an, und Sydney stieg taumelnd vom Beifahrersitz, kaum spürend, wie ihre Füße den Boden berührten. Fast automatisch setzte sie ein Bein vor das andere, als würden sie jemand anderem gehören.

Noah bockte die Maschine auf und übernahm die Führung, eilte die schmale Außentreppe hinab, die vor der verschlossenen Kellertür endete. Sie legten ihre Helme auf der untersten Treppenstufe ab. Dann griff Sydney nach ihrem Rucksack, in dem sich der Satz Dietriche befand, doch schon hatte Noah eine Pistole mit Schalldämpfer hervorgezogen und schoss das Türschloss kurzerhand auf.

»Keine Zeit mehr für diskretes Vorgehen«, sagte er und stieß die Tür mit einem gewaltigen Fußtritt auf. »Kommen Sie, Sydney. Auf geht's!«

Das Licht ihrer Taschenlampen huschte über die kahlen Wände, während die beiden Eindringlinge, Sydney voran, durch den unteren Flur und die Treppen hinauf ins Erdgeschoss hasteten.

»Welche Richtung zum Umkleideraum?«, fragte Noah. »Schnell, bevor uns jemand entdeckt.«

Ein Stück weiter vor ihnen war der Vorhang zu erkennen, der den hinteren Bereich des Hauses von dem Rest des Geschäfts trennte; er war halb zurückgezogen. Sydney schlüpfte hindurch und erreichte wenige Meter weiter den Hauptflur, von dem aus die Tür zu dem Anprobezimmer abging. Sie schwenkte den Kegel ihrer Taschenlampe durch den Flur, um sicherzugehen, dass sich niemand dort befand. Dann huschte sie weiter. Vor einer offen stehenden Tür machte sie Halt.

»Das ist es. Das ist das Zimmer, in dem ich gewesen

bin«, teilte sie Noah mit gedämpfter, eindringlicher Stimme mit.

»Gut. Schauen wir nach, was dieses merkwürdige Geräusch verursacht haben könnte.«

Sie traten ein und machten sich ans Werk. Suchend tanzte der Schein ihrer Taschenlampen über Spiegel und Möbel. Sydney zog vorsichtig jede einzelne Schublade des großen Schreibtisches auf, doch sie fand lediglich Unmengen von Nähzeug. Währenddessen kippte Noah die schwenkbaren Standspiegel in ihren Gelenken nach oben und nach unten, ebenfalls ohne Erfolg.

»Was könnte das bloß gewesen sein?«, murmelte er ärgerlich.

Sydney ließ ihren Blick durch das Zimmer schweifen; viel mehr Möglichkeiten gab es nicht. Sie versuchte es mit einem der Brokatstühle, schob ihn auf dem harten Holzboden vor und zurück. Das Geräusch, das dabei entstand, ähnelte dem Schaben, das die Abhörwanze aufgezeichnet hatte, war jedoch nicht einmal annähernd so laut. Ihre Idee aufgreifend, stemmte sich Noah gegen den schweren Schreibtisch, nur um festzustellen, dass er fest am Boden verankert war.

»So kommen wir nicht weiter«, brummte er.

»Es klang doch so, als würde irgendetwas über Holz schleifen. Könnte es sein, dass eine dieser Dielen locker ist?«

Sie knieten sich hin, klopften den Boden ab und untersuchten das Parkett. Nicht eine der Holzdielen ließ sich auch nur einen Zentimeter bewegen. Doch dann fiel Sydney etwas auf: An einer Seite des Zimmers befand sich am Rand des Fußbodens eine deutlich sichtbare Nut, die sich bis zu der holzvertäfelten Wand hinaufzog.

»Was hat das denn wohl zu bedeuten?«, fragte sie und deutete auf die verdächtige Stelle.

Noahs Augen leuchteten auf. »Bingo.«

Er lehnte sich gegen die Wand und strich mit der Handfläche über die senkrecht verlaufenden Holzbretter. Es dauerte kaum eine Minute, bis eines der Paneele unter dem Druck seiner Hand nachzugeben schien.

»Machen Sie sich auf eine Überraschung gefasst«, sagte er und versetzte der Wand einen heftigen Stoß. Ein etwa quadratmetergroßes Stück Mauerwerk schwang an einem sich dahinter befindenden Mechanismus herum; etwa fünfzig Zentimeter Unterkante der verkappten Drehvorrichtung schabten mit einem kratzenden Geräusch über den Fußboden aus Hartholz.

»Eine Geheimtür!«, keuchte Sydney und wollte sich bereits ins Unbekannte stürzen, doch Noah packte sie an ihrer Jacke und hielt sie zurück.

Dann leuchtete er mit seiner Taschenlampe in den finsteren Durchgang hinein. Der Lichtkegel fiel auf die nackte Backsteinmauer des Hauses, die ungefähr einen halben Meter jenseits der Zimmerwand begann. Links führte eine schmale steile Holzstiege hinab und verlor sich in der Finsternis.

»Ich gehe«, sagte er. »Sie bleiben hier und geben mir Deckung.«

»Ich werde mit Ihnen kommen.«

»Nein«, sagte er bestimmt. »Das werden Sie nicht.«

»Ich will sehen, was da ist«, beharrte sie, sich mehr davor fürchtend, allein gelassen zu werden, als vor dem, was sie dort unten vielleicht erwarten mochte.

»Schon klar. Aber ich brauche Sie hier oben, um mir den Rücken freizuhalten. Und jetzt schalten Sie die verdammte Taschenlampe aus, schnappen sich Ihren Revolver und tun Ihren Job.«

Noch bevor sie irgendetwas einwenden konnte, ließ er sie stehen und stieg die morsche Treppe hinab. Sydney zögerte, jede Faser ihres Körpers zerrte in ihr mit dem Wunsch, ihm zu folgen. Doch dann machte sie die Taschenlampe aus und zog ihre Waffe, so wie Noah es ihr aufgetragen hatte. Schwer lag der Revolver in ihrer zitternden Hand.

Ich schaff das schon, beschwor sie sich und versuchte, ruhig zu bleiben.

Doch was, wenn irgendjemand kam und sie tatsächlich von dem Schießeisen Gebrauch machen musste? Sie hatte ein umfassendes Waffentraining absolviert; sie wusste, dass sie in der Lage war, ein Übungsziel zu durchlöchern wie einen Schweizer Käse.

Was sie indes nicht wusste, war, ob sie auch in der Lage sein würde, die Waffe auf einen Menschen zu richten.

»Noah!«, flüsterte sie in ihr Mikro. »Noah, können Sie mich hören?«

»Laut und deutlich«, kam es zurück.

Der Klang seiner Stimme beruhigte sie ein wenig. »Was ist da unten? Alles klar bei Ihnen?«

»Ja. Ich bin gerade …«

Mit einem dumpfen Geräusch brach seine Stimme ab. Sydney erschrak bis ins Mark.

»Noah?«, wisperte sie mit zitternder Stimme. »Noah, sind Sie okay?«

Doch alles, was sie hörte, war Stille.

KAPITEL 11

»Noah ... Noah ... *Noah!*«

Mit wachsender Bestürzung stand Sydney vor dem geheimen Durchgang und raunte in ihr Mikro, vor Angst wie gelähmt. Der dumpfe Laut, der auf Noahs jäh abreißende Stimme gefolgt war, hatte geklungen, als ob ihm jemand einen heftigen Schlag auf den Kopf versetzt hätte.

»Noah! Bitte geben Sie Antwort!«

In ihrem Ohrhörer blieb es still. Sie war sich nicht einmal sicher, ob überhaupt noch eine Verbindung bestand. Vielleicht war Noahs Sender ausgefallen. Oder kaputtgegangen.

Oder vielleicht war Noah tot.

Nein! Nein, denk das nicht einmal, rief sie sich in dem verzweifelten Bemühen, Ruhe zu bewahren, selbst zur Räson. Ihre Hände zitterten wie Espenlaub; was sollte bloß werden, wenn sie gezwungen war zu schießen?

Ich muss ihm irgendwie helfen.

Nur wie? Wenn jemand clever genug war, einen solch erfahrenen Agenten wie Noah auszuschalten, welche Chance hatte dann ein junger Rekrut? Sollte sie etwa einfach mit vorgehaltenem Revolver dort hinunterstürmen und sich auf ihr Glück verlassen?

Er würde das für dich tun, dachte sie, und irgendwie wusste sie, dass sie damit richtig lag. Noah dort herausholen zu wollen mochte vielleicht Selbstmord sein, doch sie musste es auf jeden Fall versuchen.

Sidney nahm all ihren Mut zusammen und trat auf die Geheimtür zu. Sie wollte gerade ihre Taschenlampe einschalten, als ein plötzliches Geräusch von unten sie erstarren ließ. Fußtritte kamen die Treppe hinauf, direkt auf sie zu! Rasch wich Sydney zurück. Irgendeine innere Stimme verriet ihr, dass diese Fußtritte nicht von Noah stammten.

Hektisch sah sie sich nach einer Möglichkeit um, sich zu verstecken, doch Schlupfwinkel waren in dem Umkleideraum rar gesät. Und die Schritte wurden immer lauter.

Als sie in ihrer Verzweiflung hinaus auf den Hauptflur rannte, fiel ihr Blick dort auf den halb zugezogenen Vorhang. Nach wenigen Schritten stand sie hinter ihm und presste sich mit dem Rücken eng an die Wand. Ihr Herz raste wie verrückt.

Ein Lichtschein tauchte in dem Durchgang auf und huschte kurz darauf suchend im Ankleidezimmer umher. Sydney sah ihn durch den kleinen Spalt, der sich zwischen Wand und Vorhang befand. Viel war es nicht, was sie erkennen konnte, doch es reichte, um mit Bestimmtheit sagen zu können, dass die Gestalt mit der Taschenlampe nicht Noah war. Und während die eine Hand des Feindes den Lichtkegel auf und nieder tanzen ließ, hielt die andere einen nach vorn gerichteten Revolver.

Das ist schlecht, dachte Sydney, kurz davor, in Panik zu verfallen. Ihr Versteck war kinderleicht zu finden und definitiv nicht kugelsicher. Eine einzige falsche Bewegung, nur das allerkleinste Geräusch ...

Sie wagte kaum zu atmen, als der schwarz gekleidete Agent in der Tür des Ankleideraums erschien. Der Schein der Taschenlampe wanderte in den hinteren Teil des Flurs, genau auf den Vorhang zu, hinter dem sie sich verbarg.

Eine völlig paralysierte Sydney schloss ihre Augen und wartete auf den Schuss ...

Doch stattdessen brach der Lichtschein ab und sprang jäh in die andere Richtung des Flurs. Sydney nahm all ihren Mut zusammen und spähte vorsichtig hinter dem Vorhang hervor, gerade rechtzeitig, um einen flüchtigen Blick auf ihren Widersacher zu erhaschen.

Der Agent war eine Frau, tropfnass und ausgestattet mit einer kugelsicheren Weste. Als die Fremde ihre Taschenlampe gegen die Decke richtete, fiel der Lichtschein für einen kurzen Moment auf ihr blasses Gesicht und das triefende schwarze Haar. Fast hätte Sydney laut aufgekeucht.

Die Frau war Monique Larousse!

Agentin Larousse, falls das überhaupt ihr richtiger Name war, ging weiter den Hauptflur hinauf und ließ eine völlig geschockte Sydney zurück. Erleichtert lauschte Sydney den sich allmählich entfernenden platschenden Schritten. Und plötzlich hatte sie einen Plan.

Auf leisen Sohlen schlich sie wieder zurück in das Umkleidezimmer, schlüpfte durch die Geheimtür und stürmte die schmale Stiege zu Noah hinab. Wie ein Irrwisch tanzte das Licht ihrer Taschenlampe über die nackten Wände, während sie zwei Stufen auf einmal nahm. Sie hatte keine Zeit, sich in Acht zu nehmen. Sie musste bei Noah sein, bevor Monique Larousse zurückkehrte.

Abrupt endete die Treppe. Sydney geriet ins Stolpern und landete auf dem rauen Untergrund eines mit leichtem Gefälle weiter abwärts führenden Tunnels. In regelmäßigen Abständen wurden die Decke und die feuchten, schmutzigen Wände von Holzbalken gestützt, doch die einzige Lichtquelle weit und breit war die in ihrer Hand. Sie rappelte sich wieder auf und hetzte weiter, getrieben von dem Gedanken, Noah zu finden.

Der Tunnel erstreckte sich immer weiter, schien kein Ende zu nehmen, und schließlich hatte Sydney jedes Gefühl dafür verloren, wie weit sie schon gerannt war. Dann stand sie plötzlich vor einer Gabelung. Zögernd leuchtete sie mal in den linken, mal in den rechten abzweigenden Gang hinein. Welchen von beiden sollte sie nehmen?

Ein leises Stöhnen aus dem Tunnel zu ihrer Linken nahm ihr die Entscheidung ab. Alles andere vergessend, sauste sie weiter in die Richtung, aus der sie das Geräusch vernommen hatte. Nach wenigen Sekunden konnte sie vor sich einen schwachen Lichtschein erkennen. Dann, etwa zwanzig Meter hinter der Gabelung, hörte der Gang plötzlich auf, und Sydney platzte ungebremst in eine mit Stahlplatten verkleidete Kammer hinein. Von der Mitte der Decke hing eine Glühbirne herab, die es ermöglichte, den ganzen Raum mit einem einzigen Blick zu überschauen – große Regalelemente waren an den Wänden befestigt, und auf dem Boden standen ordentlich aufeinander gestapelte Kisten.

Und dort, in der Mitte des Raums, dahingestreckt und mit dem Gesicht nach unten, lag Noah.

»Noah!« Sie stürzte zu ihm und ließ sich auf den nassen Boden aus Metallplatten fallen. Kaltes Wasser umspülte ihre Knie, doch Sydney nahm es nicht einmal wahr, während sie sich über ihren Partner beugte und ihr Gesicht ganz nah an das seine brachte.

Abermals gab er, kaum bei Bewusstsein, ein Stöhnen von sich. Blut sickerte aus einer Kopfwunde an seiner Stirn hinab, und eines seiner Handgelenke war mit Handschellen an einen stählernen Ring gekettet, der in den Boden eingelassen war. Tastend suchte sie nach seinen Waffen – alle drei waren ihm abgenommen worden, zusammen mit seinem Rucksack und der Jacke. Sein Sender lag zertreten direkt neben ihm.

»Ich hole Sie hier raus«, versprach sie, den Mund dicht an seinem Ohr. »Halten Sie einfach nur durch, Noah. Geben Sie mir bitte eine Chance.«

Achtlos warf sie die Taschenlampe beiseite, nahm ihren Rucksack ab, holte den Satz Dietriche hervor und machte sich an seinen Handschellen zu schaffen. Ihre Hände, die, seit sie in das Modehaus eingedrungen waren, nicht mehr aufgehört hatten zu zittern, wurden auf einmal vollkommen ruhig. Binnen weniger Sekunden hatte sie das Schloss geknackt wie ein Profi. Klackend sprangen die Handschellen auf.

»Kommen Sie. Wachen Sie auf, Noah«, beschwor sie ihren Gefährten und hievte ihn in eine sitzende Position. Schwer sackte sein Oberkörper gegen ihre Schulter, sein Kopf fiel kraftlos in den Nacken.

Sie schüttelte ihn, erst sanft, dann etwas fester. Panik brach sich abermals in ihr Bahn.

Was, wenn er nicht gehen kann?

Möglicherweise schaffte sie es ja, ihn hinter sich her durch den Tunnel zu zerren, doch nie und nimmer kam sie mit ihm die Treppen hinauf.

»Noah, kommen Sie zu sich. Ich mein's ernst!«

Seine Augenlider begannen zu flackern. Dann öffneten sie sich, und er starrte sie verwirrt an.

»Ich bin's, Sydney«, redete sie auf ihn ein. »Erinnern Sie sich?«

Einen lähmenden Augenblick lang schaute er nur blinzelnd umher. Dann plötzlich klärte sich sein Blick. Tastend fuhr er sich mit der Hand über die Kopfverletzung und betrachtete die blutverschmierten Finger. Als er Sydney wieder ansah, lächelte er.

»Gute Arbeit, Bristow!«, sagte er anerkennend. »Ihr erster richtiger Auftrag, und Sie haben bereits einen feindlichen Agenten ausgeschaltet.«

»Ausgeschaltet?«, wiederholte sie beklommen und warf einen kurzen Blick hinüber zum Tunnel.

»Ja. Was haben Sie denn mit Madame Monique gemacht? Ist sie tot? Oder haben Sie sie k.o. geschlagen und gefesselt?«

»Ähm ...«

Noah massierte sein wund gescheuertes Handgelenk, doch das Gesicht, das er dabei machte, schien beinahe vergnügt. »Ich persönlich hätte nichts dagegen, sie zu Klump zu schlagen und anschließend umzunieten, aber solange sie uns nicht mehr in die Quere kommt, soll sie meinetwegen ...«

»Ich hab sie nicht umgebracht«, unterbrach ihn Sydney.

Noah zuckte mit den Schultern. »Dann haben Sie sie eben nur dingfest gemacht. Ende offen also, aber ...«

»Ich habe *gar nichts* mit ihr gemacht«, fiel ihm Sydney abermals ins Wort. »Ich hab mich im Flur versteckt, bis sie weg war, und bin dann direkt hier runter. Wir müssen uns beeilen.«

»Sie haben *was* gemacht?« Entgeistert riss Noah die Augen auf und wirkte mit einem Mal gar nicht mehr freundlich. »Wollen Sie damit sagen, sie treibt sich immer noch dort oben herum? Bewaffnet?«

»Ich hab keine Ahnung, wo sie ist«, gestand Sydney. »Wir sollten machen, dass wir von hier verschwinden, bevor sie wieder zurückkommt.«

»Und wie stellen Sie sich das vor?«, fragte er, während er sich wieder auf die Beine rappelte. »Wie sollen wir hier raus, ohne ihr ein weiteres Mal über den Weg zu laufen?«

»Wenn wir uns beeilen ...«

Ungehalten schüttelte Noah den Kopf. »Meine Waffen sind futsch, sie haben gerade mal eine, und nach allem, was wir wissen, ist die Larousse in diesem Augenblick unterwegs, um Verstärkung zu holen. Möchten Sie wirklich der ganzen Horde dort in dem Tunnel direkt in die Arme rennen?«

In Anbetracht der Gefahr, in die sie sich für ihn begeben hatte, hätte Noah ruhig ein wenig netter zu ihr sein können, fand Sydney.

»Sie haben Recht, vielleicht wäre es besser gewesen, Sie einfach hier unten verrotten zu lassen«, sagte sie schnippisch.

Er öffnete den Mund, um etwas zu sagen, klappte ihn dann jedoch sofort wieder zu. Stattdessen ging er zu einem der Regale hinüber, riss eine breite Stoffbahn herunter und betrachtete stumm den damit ans Licht gebrachten gebunkerten Inhalt. Sydney erkannte automatische Schnellfeuerwaffen, Artilleriegranaten und sogar Raketenwerfer. Nach dem, was sie während ihrer bisherigen Ausbildung bei der CIA gelernt hatte, handelte es sich durchweg um russische Fabrikate, und zwar nicht eben allerneuesten Datums.

»Na ja, wenigstens wissen wir jetzt, was sie im Schilde führen«, sagte Noah sarkastisch. »Es geht doch nichts über ein kleines, lukratives Waffengeschäft.«

»Was glauben Sie, wo sie all das Zeug herhaben?«

»Weiß der Geier«, meinte Noah achselzuckend. »Vielleicht aus alten Lagerbeständen des K-Direktorats. Oder vielleicht haben sie's auch beim Militär mitgehen lassen. Wie auch immer, unser Problem ist jedenfalls gelöst.«

Er schnappte sich eine Uzi und begann, nach Munition zu suchen. »Sehen Sie in den Kisten nach«, wies er Sydney an. »Sobald das Ding hier geladen ist, kann sich die werte Madame Monique warm anziehen.«

Sogleich kam Sydney seiner Aufforderung nach und

eilte zu den aufeinander gestapelten Kisten – und stieß als Erstes auf vier große Pappkartons, randvoll mit Geldscheinen. Nicht eine der Währungen war ihr vertraut, doch die Menge war gleichwohl mehr als beachtlich.

»Schauen Sie sich das ganze Geld hier an!«, sagte sie keuchend und hielt Noah einige der Notenbündel entgegen. »Aus welchem Land kommen die?«

»Jedenfalls aus keinem, an das wir Waffen verkaufen würden«, erwiderte Noah mit grimmigem Gesicht, als er neben sie trat. »Hier, passen Sie auf, das müssen die Munitionskisten sein.«

Er versuchte sich an der nächstbesten der Metallkisten, nur um festzustellen, dass sie verschlossen war. Das Kombinationsschloss am Griff bestand aus sieben Zahlenrädchen, die allesamt in die richtige Position gebracht werden mussten, um die Kiste zu öffnen. Beinahe außer sich vor Wut drehte Noah planlos an den Einstellrädchen herum, während Sydney die anderen Munitionsbehälter checkte.

Alle waren mit Schlössern der gleichen Art gesichert.

»Geben Sie mir Ihre Reservemunition«, sagte Noah plötzlich. Er stellte seine fruchtlosen Bemühungen ein und rannte wieder zurück zu dem Regal. »Vielleicht finde ich hier irgendeine passende Waffe dafür.«

Sie hatte gerade ihren Rucksack abgesetzt, als ein Geräusch, das aus der Richtung des geheimen Durchgangs kam, sie beide erstarren ließ. Fußschritte näherten sich – *viele* Fußschritte.

Und dann waren Stimmen zu hören. Eine Frau sagte etwas, und ein Mann gab Antwort. Weitere Männerstimmen mischten sich in die Diskussion und taten auf Russisch ihre Meinung kund. Insgesamt offensichtlich drei Männer – und nicht einer von ihnen schien zu befürchten, dass jemand sie hören könnte.

Sydney zog ihre Waffe und richtete sie auf die Öffnung des Tunnels.

»Sie glauben, dass nur Sie sich hier unten befinden, wehrlos«, flüsterte sie Noah zu.

Noah nickte, einen leicht fatalistischen Ausdruck im Gesicht. »Wehrlos stimmt.«

KAPITEL 12

»Was sollen wir tun?«, fragte Sydney verzweifelt, die einzige Waffe, die sie besaßen, auf den Tunnel gerichtet.

Mit jeder verstreichenden Sekunde wurden die Stimmen der Agenten vom K-Direktorat lauter, und inzwischen war sie sich ziemlich sicher, dass es nicht drei, sondern vier Männer waren. »Noah! So unternehmen Sie doch was!«

Mit gehetztem Blick sah Noah sich nach irgendetwas um, das sich bei einem Kampf als Waffe einsetzen ließ. Das Problem war nur, dass es vermutlich zu gar keinem Kampf kommen würde – sollten die sich nähernden Agenten bewaffnet sein, würde es das reine Abschlachten werden.

Plötzlich rief Noah laut auf. »Sydney! Kommen Sie her!«

Sie fuhr herum und sah, wie er den Stahlring, an den er gekettet gewesen war, herumdrehte und einen etwa kellerlukengroßen Teil des Bodens anhob. Der Ring stellte nichts anderes dar als den Griff einer Falltür. Neuen Mut schöpfend, rannte sie zu ihrem Partner hinüber.

Doch als sie durch die Öffnung im Boden blickte, sank ihr Herz. »Völlig überflutet!«, schrie sie, und ihre eben erst erwachte Hoffnung war mit einem Schlag wieder dahin.

Tintenschwarzes Wasser stand in dem senkrecht nach unten führenden Schacht zu ihren Füßen, bis knapp einen halben Meter zu dem Boden des Stahlbunkers hinauf.

In Anbetracht dieses unüberwindlich scheinenden Hindernisses war an Flucht kaum mehr zu denken.

Hinter ihnen im Tunnel setzten eilige Laufschritte ein; die K-Direktorat-Agenten hatten sie offensichtlich gehört. Panisch wandte Sydney sich zu Noah um – gerade rechtzeitig, um ihn in den überfluteten Schacht hineinspringen zu sehen.

Kaltes, dunkles Wasser spritzte auf und verschluckte ihn. Die wenigen Sekunden, die verstrichen, bis er wieder an der Oberfläche erschien, schienen sich für Sydney zu einer halben Ewigkeit zu dehnen. Wie ein Hündchen mit Armen und Beinen rudernd, hielt Noah sich in dem etwa zwei Meter durchmessenden Schacht über Wasser, halb verdeckt von den überstehenden Bodenplatten der Kammer.

»Machen Sie schon! Kommen Sie runter!«, schrie er hinauf.

»Ich werde da nicht hineinspringen«, protestierte sie, während sie gleichzeitig einen angsterfüllten Blick auf den von lauten Tritten widerhallenden Tunnel warf. »Sind Sie verrückt?«

»Kommen Sie *augenblicklich* hier runter!«

Sein Tonfall verschloss sich jedem Argument – ebenso wie die heranstürmenden feindlichen Agenten. Sydney nahm all ihren Mut zusammen und sprang.

Wasser, kalt wie Eis, drang in jede Pore ihres Körpers. Strampelnd suchten ihre Füße den Grund, doch das Einzige, was sich ihnen an Widerstand bot, war ein glitschiger, schmaler Vorsprung an einer Seite des Schachts, an dem kein Halt zu finden war. Das Erste, was sie sah, als sie wieder an die Oberfläche kam, war Noah, der soeben mit Hilfe einer an deren Unterseite befestigten Kette die Falltür über ihnen schloss. Die schwere Stahlplatte knallte herab, und Sydney hörte, wie ein Bolzen einrastete. Die Finsternis, die um sie herum herrschte, war absolut.

»So!«, flüsterte Noah zufrieden. »Das sollte sie erst mal eine Weile beschäftigen und uns von der Pelle halten.«

Fast im selben Moment hörten sie über sich das Poltern von schweren Stiefeln auf Metall, begleitet von einigen lautstarken russischen Flüchen.

»*Damit* haben sie nicht gerechnet«, fügte Noah feixend hinzu.

»Schön, dass Sie so viel dabei Spaß haben«, bemerkte Sydney, eifrig mit Wassertreten beschäftigt.

Sie konnte Noah nicht sehen – konnte nicht einmal die Hand vor den eigenen Augen erkennen –, und dass er ihrer Situation tatsächlich etwas Komisches abzugewinnen vermochte, war nur äußerst schwer nachzuvollziehen. Über ihnen versuchten die Agenten des K-Direktorats die Falltür aufzubekommen, fürs Erste außer Gefecht gesetzt durch den Bolzen, den Noah von unten vorgeschoben hatte. Das lärmende Getrampel ihrer Stiefel dröhnte beinahe unerträglich laut in dem schmalen Raum, der Sydney und Noah zwischen der Wasseroberfläche und der Bodenunterseite des Bunkers blieb.

»Hier kommen wir nie wieder raus!«, keuchte Sydney mit einem leisen Anflug von Hysterie in der Stimme. »Wir werden hier drin ersaufen wie die Ratten!«

»Nicht wenn sie uns vorher erschießen.«

Wie um seinen Worten Nachdruck zu verleihen, schlug plötzlich eine Gewehrkugel auf den Stahl über ihren Köpfen, prallte ab und jaulte als Querschläger durch den Bunker. Agentin Larousse schnauzte lauthals herum und brach damit eine weitere Diskussion vom Zaun. Kurz davor, endgültig die Nerven zu verlieren, hielt Sydney sich die Ohren zu.

Plötzlich wurde es hell in ihrem Gefängnis. Blind umhertastend war Noah auf einige Unterwassertaschenlampen gestoßen, die an Haken vom Boden der Waffenkammer herabhingen. Er schnappte sich eine weitere Lampe und drückte sie Sydney in die Hand.

»Wie lange können Sie die Luft anhalten?«, fragte Noah.

Sydney riss entsetzt die Augen auf. Sie hatte gedacht, dass es schlimmer nicht mehr kommen konnte, doch wenn sie seine Frage richtig deutete, dann ...

»Ich werde *keinesfalls* auch noch in diesem Wasser umhergründeln. Vergessen Sie's.«

Die Vorstellung, geradewegs in diesen entsetzlichen Schacht hinabzutauchen, stieß ihrer ohnehin nur mühsam unterdrückten Panik Tür und Tor auf. Die Brühe, in der sie herumpaddelten, war dermaßen trübe und finster, dass die Taschenlampen sich wahrscheinlich als so gut wie nutzlos erweisen würden; überdies hatten sie nicht die geringste Ahnung, wie lange sie unter Wasser bleiben mussten – vorausgesetzt, sie tauchten überhaupt jemals wieder auf. Hinzu kam, dass Sydney im Luftanhalten ziemlich miserabel war; für gewöhnlich reagierte sie auf Sauerstoffknappheit damit, dass sie unkontrolliert am ganzen Körper zu zucken begann. Noah berührte mit seiner Hand ihre Wange und zwang sie mit sanftem Druck, ihn anzusehen.

»Hören Sie«, sagte er. »Das ist der einzige Weg, hier herauszukommen.«

»Das wissen Sie doch gar nicht!«, fuhr sie ihn wütend an. »Sie wissen nicht, wohin dieser Schacht führt, oder ob er überhaupt irgendwohin führt!«

Aufgebracht strampelte sie mit den Beinen auf und nieder, unter ihr der kalte, nasse, bodenlose Schlund.

»Diese Taschenlampen hängen sicher nicht ohne Grund hier«, erwiderte Noah. »Und ich schätze unsere

Chancen bei einem Tauchgang erheblich höher ein als die, die wir bei den Jungs dort oben hätten.«

Abermals zerrte die Falltür an dem hinderlichen Bolzen, diesmal deutlich kräftiger als zuvor. Einer der Agenten hatte offenbar eine Eisenstange aufgetrieben und durch den Stahlring gesteckt, um so die Bodenplatte aus den Angeln zu heben.

Noah riss Sydney die Jacke samt Rucksack vom Leibe und warf beides, bevor sie auch nur irgendeinen Einwand erheben konnte, kommentarlos beiseite. In der nächsten Sekunde spürte sie seine Hand an dem Verschluss ihres Allzweckgürtels, der kurz darauf im Wasser versank, den Sender nebst Headset mit sich in den Abgrund ziehend.

»Was tun Sie da?«, rief sie und versuchte vergeblich, ihr absaufendes Equipment zu retten, mit dem Ergebnis, dass der Revolver ihren Fingern entglitt und ebenfalls auf Nimmerwiedersehen verschwand. Einzig die wasserdichte Taschenlampe tauchte urplötzlich aus dem Ausrüstungsgrab wieder auf und tanzte dümpelnd auf der Wasseroberfläche auf und ab.

»Der ganze Ballast würde Sie beim Tauchen nur stören«, erklärte ihr Noah.

»Ich werde *nicht* tauchen!«, zischte sie.

Er leuchtete ihr mit der Taschenlampe ins Gesicht, sah sie an, als wäre er aufrichtig verwundert. Dann verengten sich seine braunen Augen zu Schlitzen. »Sie werden tauchen«, sagte er. »Und jetzt Ende der Debatte.«

Sie schüttelte heftig den Kopf, Tränen rannen ihr das Gesicht hinab.

Er packte sie am Nacken, zwang sie abermals, ihm in die Augen zu sehen. »Wenn Sie hier bleiben, ist das Ihr sicherer Tod. Die Typen werden die Falltür aufbrechen und Sie kaltblütig abknallen. Und jetzt tauchen Sie.«

»Nein.«

»Nein?« Sein Gesichtsausdruck geriet zu einer solch zornigen Grimasse, dass sie ihren Blick abwenden musste.

»Ich kann nicht«, wimmerte sie. »Ich tu's nicht.«

Einen Moment lang waren nur die stampfenden Schritte von oben und das Ächzen der malträtierten Falltür zu hören. Dann ließ Noah sie los.

»Ach, machen Sie doch, was Sie wollen«, stieß er voller Verachtung hervor. »Ich hab keine Zeit für diese Anfängerscheiße.«

Damit tauchte er ab, und im gleichen Moment wie er verschwand auch das Licht seiner Taschenlampe.

Sydney blieb allein zurück in der Finsternis.

Suchend ließ sie ihre Hände über die Wasserfläche gleiten, fand schließlich die dahintreibende zweite Taschenlampe, doch es dauerte ein paar weitere Sekunden, bis sie sich so weit gesammelt hatte, dass sie sie auch einzuschalten vermochte. Sie streckte den Arm nach oben aus und prüfte tastend den Verschlussbolzen der Bodenklappe. Wenn sie die Falltür einfach öffnete und sich ergab, würde man sie dann trotzdem töten?

In diesem Moment prasselte ein donnernder Kugelhagel auf die Stahltür herab. Erschrocken zog sie ihre von einem jähen Schmerz durchzuckte Hand zurück. Jeder Gedanke an Kapitulation war augenblicklich vergessen.

Keine Frage, sie *würden* sie töten – und vorher wahrscheinlich noch foltern. Noah hatte Recht gehabt; Tauchen war ihre einzige Chance. Und das, obwohl sie im Grunde genommen unter Wasser keine Chance hatte.

Sydney leuchtete mit ihrer Taschenlampe in den nassen, unergründlichen Abgrund. Der Lichtschein wurde von der schwarzen Brühe unter ihr fast völlig verschluckt; sie konnte gerade mal bis zu den Knien ihrer unablässig tretenden und das Wasser aufwirbelnden Beine sehen. Sie unterdrückte ein Schluchzen, holte noch ein letztes Mal tief Luft und ließ sich, die nutzlose Taschenlampe baumelnd am Handgelenk, in die Tiefe hinabsinken.

Die eiskalten Fluten schlugen über ihrem Kopf zusammen und löschten jede Hoffnung aus. Sie konnte nichts mehr sehen, keinen einzigen klaren Gedanken mehr fassen. Über ihr eine kleine Armee des K-Direktorats, die Waffen im Anschlag, unter ihr die Finsternis und der sichere Tod. Lähmende Angst nahm von ihr Besitz.

Plötzlich schoss eine Hand empor, packte sie, zog sie hinab, immer tiefer und tiefer und tiefer, unerbittlich und ungerührt ob ihrer schwachen Versuche, sich tretend und strampelnd dem Griff zu entwinden. Ihr letzter Atemzug brannte in ihren Lungen wie Feuer. In weniger als einer Minute würde sie erneut Luft holen müssen. Einem übermächtigen Überlebensdrang folgend, würde sie ihren Mund öffnen, doch anstelle von Luft würde Wasser ihre Lungen füllen. So zu sterben, in einem fremden Land, unter einem falschen Namen ... in völliger Dunkelheit ...

Eine zweite Hand ergriff ihr Handgelenk, das, an dem die schon fast vergessene Taschenlampe hing, drehte es so, dass der schwache Lichtkegel auf ein direkt vor ihr liegendes gähnendes Loch fiel – ein horizontaler Verbindungstunnel.

Sydneys Sinne waren plötzlich wieder hellwach. Noah hatte einen Weg nach draußen gefunden! Er schwamm direkt neben ihr, die eigene Taschenlampe nun auf sein Gesicht gerichtet, und machte ihr ein Zeichen, ihm in den Tunnel zu folgen. Und genau das tat sie, ruderte mit den Armen und trat mit den Beinen, als wären tausend Teufel hinter ihr her.

Der Strahl ihrer Taschenlampe schien sich förmlich in das trübe Wasser hineinzufressen. Fetzen eines undefinierbaren schleimigen Etwas trieben an ihrem Gesicht vorbei, aufgewühlt durch Noah, der wenige Meter vor ihr schwamm. Es kam ihr vor, als würden die Seitenwände immer näher rücken. Wurde der Tunnel tatsächlich enger, oder spielten ihr ihre überreizten Sinne einen Streich? Starr blickte sie geradeaus, teilte mit den Armen beharrlich das Wasser und drängte den Anfall von Klaustrophobie, der in ihr aufzuwallen drohte, tapfer zurück. Entweder sie schafften es, den Ausgang zu erreichen, oder sie würden bei dem Versuch ertrinken – zum Umkehren jedenfalls war es nun zu spät.

Dann plötzlich wichen die Wände des Tunnels zurück. Sie und Noah gelangten in offenes Gebiet. Das Wasser war hier wesentlich weniger trüb und verschmutzt. Sydney richtete ihre Taschenlampe nach oben und folgte Noah, der mit kräftigen Zügen aufwärts schwamm. Hinauf zur rettenden Wasseroberfläche!

Über sich konnte sie eine Reihe flirrender Lichter erkennen. Ihre Lungen standen kurz davor zu bersten. Ihre Beine fühlten sich an, als wären sie mit Bleigewichten behängt. Doch sie war jetzt so nah dran ...

Da durchbrach ihr Kopf die Oberfläche, und gierig rang sie nach Atem, schluckte ebenso viel Wasser, wie sie Luft in ihre Lungen pumpte. Sie würgte und röchelte, doch sie nahm es kaum wahr.

Irgendwie waren sie direkt in der Seine herausgekommen.

»Sind Sie okay?«, fragte Noah und klopfte ihr auf den Rücken. »Kriegen Sie genug Luft?«

Sie nickte nur und blickte sich noch immer völlig verblüfft um.

»Tut mir Leid, aber Sie ließen mir keine andere Wahl.«

»Danke«, stieß sie keuchend hervor. Ihre Kehle war auf einmal wie zugeschnürt.

Die Lichter von Paris waren so wundervoll und schön, dass es beinahe schmerzte. Überall um sie herum glitzerte und flimmerte es, dass sie das Gefühl hatte, all dies nur zu träumen. Wieder musste sie weinen, und diesmal ließ sie ihren Tränen freien Lauf. Es gab keine Kälte mehr, keine Nässe und keine Mission ... nur das überwältigende Glück, noch auf dieser Welt zu sein, um diesen Moment zu erleben.

Sie hatte es geschafft. Sie hatte überlebt.

Sie wollte sich gerade zu Noah umdrehen, als dicht neben ihren Köpfen etwas peitschend ins Wasser einschlug.

Eine Revolverkugel.

KAPITEL 13

»Runter!«, rief Noah und drückte Sydney unter Wasser.

Sie hatte kaum Gelegenheit, noch einmal Luft zu holen, bevor sie wieder untertauchte und zwei Fuß unter dem Wasserspiegel loskraulte.

Noah ließ seine Taschenlampe los, und Sydney folgte seinem Beispiel. Zwei freie Hände zu haben war hier wichtiger, als bei Festtagsbeleuchtung zu agieren. Als sie das nächste Mal an die Oberfläche kamen, hatten sie ein gutes Stück in Richtung Flussmitte zurückgelegt.

»Sydney«, zischte Noah ihr zu. »Halten Sie den Kopf unten und lassen Sie sich mit der Strömung treiben. Wenn wir das andere Flussufer erreicht haben, suchen wir uns ein sicheres Plätzchen und klettern an Land.«

Sie nickte ihm nur kurz zu, holte tief Luft und tauchte wieder unter. Im gleichen Moment durchschlugen erneut Kugeln die Oberfläche und zogen Schweife aus kleinen Luftblasen hinter sich her. Doch das alles ließ Sydney, die noch immer unter dem Eindruck ihrer Flucht durch den Tunnel stand, erstaunlich kalt. Vielleicht wähnte sie die größte Gefahr bereits überstanden zu haben, vielleicht verfügte ihr Körper aber auch einfach nicht mehr über genügend Adrenalin, um in Angst zu verfallen. So oder so, die junge Frau, die jetzt die Seine durchschwamm und nur für kurze Momente an die Oberfläche kam, um nach Luft zu schnappen, war nicht mehr das gleiche Mädchen, das noch vor Minuten schreckerstarrt dem Tod ins Auge geblickt hatte.

Sie fühlte sich frei und hatte ihren Frieden mit sich und den Ereignissen gemacht. Und selbst, wenn dieses Gefühl nicht ewig anhalten würde, sagte ihr irgendetwas, dass die Angst sie nie wieder im Würgegriff haben würde. Sie versuchte, beim Schwimmen mit Noah mitzuhalten, doch sie geriet nicht in Panik, als sie ihn in der Dunkelheit bisweilen aus den Augen verlor. Zum ersten Mal in ihrem Leben war sie zutiefst überzeugt davon, dass sie es auch alleine schaffen konnte.

»Die Stelle da drüben sieht gut aus«, raunte ihr Noah zu, als sie das nächste Mal gleichzeitig auftauchten.

Sie waren weit stromabwärts getrieben worden und hatten den Fluss bis auf ein paar Meter vollständig überquert. Das Uferstück, das Noah meinte, war flach, sandig und unbeleuchtet und würde es ihnen ermöglichen, ohne große Probleme an Land zu gehen und in der Dunkelheit zu verschwinden.

»Was glauben Sie, wo der Schütze steckt?«, flüsterte Sydney, als sie mit ruhigen Zügen auf die Stelle zuhielten. Seit einigen Minuten hatte man das Feuer eingestellt, und sie hoffte, sie hatten ihre Verfolger endgültig abgehängt, anstatt sich nur für eine Weile aus der Schusslinie gebracht zu haben.

»Ich bezweifle, dass es nur einer ist«, erwiderte Noah. »Wenn ich die Larousse wäre, hätte ich uns mindestens zwei Mann auf den Hals gehetzt. Aber wie dem auch sei, die müssten erst noch eine Brücke überqueren und dann ein gutes Stück zurücklaufen, bevor sie uns eingeholt haben. Ich gedenke, bis dahin über alle Berge zu sein.«

Er zog sich an Land und drehte sich um, um Sydney die Hand zu reichen, doch sie hatte sich schon aus eigener Kraft aus dem schmutzigen Wasser gehievt.

»Mir ist kalt«, sagte sie, als sie so nebeneinander dastanden. Haare und Kleidung waren klitschnass und hinterließen riesige Pfützen auf dem Boden. »Und wir stinken wie ertrunkene Ratten.«

»Weitaus schlimmer ist, dass wir eine gut sichtbare Wasserspur hinterlassen. Zu dumm, dass es nicht regnet.«

Noah setzte sich in Bewegung, und Sydney folgte ihm dankbar. Es war einfach zu kalt, um hier draußen bewegungslos auszuharren. Ihre Schuhe schmatzten und quietschten beim Laufen, und bei jedem Schritt quoll Wasser aus ihnen hervor. Dennoch war sie froh, die Dinger beim Schwimmen nicht abgestreift zu haben, wie man es ihr im Sommercamp eingeschärft hatte. In einer Situation auf Leben und Tod konnte ein Schwimmer so zwar überflüssiges Gewicht, das ihn nach unten zog, reduzieren, aber ihr war von Anfang an klar gewesen, dass es am Ende wichtiger war, die Flucht auf mehr oder weniger festem Schuhwerk fortzusetzen.

Allerdings haben wir alles verloren, dachte sie, als sie hinter Noah in eine dunkle Straße einbog. *Beide Rucksäcke, unsere Waffen, unsere ganze Ausrüstung – futsch ...*

Alles, was ihr geblieben war, war der Dokumentengürtel mit dem Bargeld, ihrem Pass und dem SD-6-Handy – vorausgesetzt, das Telefon funktionierte nach dem Bad in der Seine überhaupt noch.

Plötzlich schlug Noah eine andere Richtung ein, und sie marschierten in eine stockdunkle Straße. Sydney geriet leicht außer Atem, doch sie hielt gut mit und gratulierte sich im Stillen für die Jahre des Lauftrainings, das sie vor ihrer Karriere beim SD-6 regelmäßig absolviert hatte. Sie stiegen über einen Zaun, überquerten irgendein fremdes Grundstück und sprangen dann über eine Mauer wieder auf die andere Straßenseite. Leider gab es in diesem Teil der Stadt kaum Grünanlagen, die ihnen Schutz hätten bieten können.

Nach und nach hörten ihre Haare und Kleider auf zu

tropfen, während sie unentwegt über weitere Mauern und Zäune kletterten, Umwege machten und unzählige Haken schlugen, um etwaige Verfolger zu verwirren. Längst hatte Sydney jegliche Orientierung verloren, als Noah sie in eine besonders enge Gasse führte, um dann im Schutz eines dunklen Hauseingangs stehen zu bleiben.

Sein Brustkorb hob und senkte sich, als er sich vornüber beugte und verschnaufte; er schien mehr außer Atem zu sein als Sydney. »Tja«, japste er, »das war ja ein großer Spaß.«

Sydney spähte um die Ecke eines Vorsprungs und überprüfte zu beiden Seiten die Straße. »Ich glaube, wir werden nicht verfolgt.«

»Wir haben es ihnen ja auch ziemlich schwer gemacht«, erwiderte Noah. »Die bräuchten schon Spürhunde oder verdammt viel Glück, um uns wieder zu finden.« Er atmete tief durch und stellte sich wieder aufrecht hin. »Doch man darf sein Glück nicht herausfordern«, fügte er hinzu. »Wir sollten so schnell wie möglich von hier verschwinden.«

»Was sollen wir jetzt tun?«

»Gute Frage.«

»Das heißt, Sie wissen es nicht?«, platzte sie heraus.

»Hören Sie mal, dieser Fall ist in keinem Handbuch beschrieben! Geben Sie mir ein bisschen Zeit, okay?«

Schweigend wartete sie, während Noah nachdachte und Sekunde um Sekunde qualvoll verstrich. Sie hatte es nie besonders leiden können, wenn er den Boss spielte, aber erleben zu müssen, dass er mal nicht weiter wusste, war fast noch schlimmer. Zumal sie selbst nicht den geringsten Plan hatte ...

»Okay«, sagte er schließlich. »Lassen Sie uns mal zusammenfassen, was wir wissen und was wir vermuten. Ich nehme an, dass die Larousse das Boot, das hinter uns her war, selbst gesteuert hat. Während wir auf dem Friedhof waren, hat sie sich flussabwärts ein anderes Boot gesucht und sich dann durch den Unterwassertunnel bis zum Lager des Modehauses durchgeschlagen.«

Sydney nickte. »Das ergibt Sinn. Sie war klitschnass und der Fußboden auch.«

»Aber als sie mich gefunden hatte, wusste sie, dass die Sicherheitsvorkehrungen überwunden worden waren und hat sich deshalb Verstärkung gerufen.«

»Was glauben Sie, machen die gerade?«

»Verzweifelt nach uns suchen«, sagte er grimmig. »Wir wissen jetzt, dass das Modehaus nur ein Vorwand für Waffenhandel ist und der Tarnung und Vertuschung aller möglichen illegalen Aktivitäten dient. Also mithin nichts, was das K-Direktorat an die große Glocke gehängt sehen möchte.«

»Klar.«

»Wenn ich diese Sache zu regeln hätte, würde ich das Zeug nachts rein- und rausschmuggeln, und zwar durch den Fluss. Ein paar Jungs mit Tauchanzügen und der richtigen Ausrüstung, und das wär's auch schon.«

»Stimmt, das wäre das Einfachste.«

»Und das Sicherste. Der Eingang an Land wird vermutlich nur für Geldgeschäfte genutzt.«

»Was, meinen Sie, macht das K-Direktorat mit dem Geld?«

Noah schüttelte den Kopf. »Was immer es ist, seien Sie sich sicher, es ist nichts Gutes. Nicht zu vergessen, dass die Waffen an Terroristen geliefert werden. Wer sonst sollte den Kram auch kaufen?«

Sydney erinnerte sich an die exotischen Währungen, die sie gesehen hatte. »Das ganze Zeug lagert immer noch in diesem Bunker«, sagte sie besorgt. »Damit könnte man einen ganzen Kleinstaat bewaffnen.«

»Ja.« Noah holte tief Luft. »Also, entweder beschlagnahmen wir den ganzen Krempel oder wir jagen ihn in die Luft. Und ehrlich gesagt kann ich mir nicht vorstellen, wie erstere Möglichkeit für uns zu realisieren wäre.«

»Sie wollen doch nicht allen Ernstes noch mal dahin zurück«, fragte Sydney entsetzt. Sie war völlig geschockt von der Vorstellung, zumal sie ihre gesamte Ausrüstung hatten zurücklassen müssen. Bei dem Gedanken, noch einmal zu Monique Larousse zurückzukehren, war ihr fast zum Heulen zumute. »Aber die sind zu viert«, wandte sie kleinlaut ein.

»Stimmt. Vier Mann kaltzustellen, das wird schwierig.« Er legte nachdenklich die Stirn in Falten.

Sydney griff unter ihr Shirt und fummelte das Handy aus dem Dokumentengürtel. Hoffnungsvoll hielt sie es in die Höhe. »Können wir nicht einfach die Polizei holen?«

»Was? Nein! Sind Sie verrückt?«

»Ich bin müde«, schnappte sie. »Und ich hab keine Ideen mehr.« Resigniert steckte sie das Handy wieder ein. »Was gedenken Sie nun zu tun?«

Zu ihrer Überraschung wurde der Ausdruck in Noahs Gesicht ein wenig milder, als er sagte: »Ich bin auch erledigt, aber wir sind hier noch nicht fertig. Das K-Direktorat wird mit Sicherheit den Polizeifunk abhören, und wenn die Larousse nicht völlig verblödet ist, hat sie noch ein oder zwei Leute in Bereitschaft, die nur darauf warten, das Zeug fortzuschaffen. In nur wenigen Stunden hätten sie das Lager leer geräumt.«

»Was ist, wenn die aber gerade damit beschäftigt sind, uns zu verfolgen?«

»Wir wissen doch gar nicht, wo wer im Moment genau ist. Das bedeutet, dass wir in Bewegung bleiben müssen. Ich hätte allerdings zuvor gern einen Plan, damit –«

Ein plötzliches Geräusch ließ ihn mitten im Satz abbrechen. In der engen Gasse waren Schritte zu hören, die direkt auf sie zukamen. Als Sydney um die Ecke des Hauseingangs lugte, sah sie den bedrohlichen Schatten eines schwarz gekleideten Mannes näher kommen. In wenigen Sekunden würde er sie erreicht haben.

»Noah, da kommt jemand!«, flüsterte sie panisch. »Ich glaube, es ist …«

Noah zerrte sie zurück in den Hauseingang, drängte sie gegen die Wand, umschlang sie und küsste sie leidenschaftlich.

Für einen Moment wurde ihr schwarz vor Augen. Noah war überall. Seine Hände hatten ihren Kopf umfasst, während er sich mit seinem ganzen Gewicht gegen ihren Körper drückte und seinen Mund beharrlich auf den ihren presste. Sie erstarrte zur Salzsäule, in ihrem Kopf war nichts als Leere, und dann begriff sie plötzlich, was das alles zu bedeuten hatte.

Sie würden beide sterben.

Da schlang sie ihre Arme um seinen Nacken und küsste ihn wie verrückt. Sie konnten nicht mehr fliehen; sie konnten sich nicht mehr verstecken. Und wenn dies die letzten Sekunden ihres Lebens waren, würde sie wenigstens nicht alleine sterben.

Ihre Finger wühlten in seinem Haar, und sie öffnete leicht den Mund, als sein Kuss intensiver und fordernder wurde. Die Schritte verlangsamten sich, und Sydney konnte sie kaum noch hören. All die unterschwellige Leidenschaft, die zwischen ihr und Noah bestanden hatte, seit sie sich zum ersten Mal angesehen hatten, entlud sich nun in diesem Moment. Nie zuvor war sie so geküsst worden, und nie zuvor hatte sie einen Kuss so leidenschaftlich erwidert. Sie verkrallte sich in seinem Haar und presste ihre Lippen noch fester auf die seinen. Seine Hand wanderte zu ihrem Nacken, und dann drückte er ihren Kopf noch fester an sich.

Das Geräusch der Schritte erstarb. Sydney wusste, wenn sie jetzt die Augen öffnete, würde sie ihrem Mörder direkt ins Gesicht sehen. Wahrscheinlich zielte er schon mit einer Waffe auf ihre Köpfe.

Sie hielt die Augen fest geschlossen. Ihre Hände bewegten sich an Noahs Rücken hinab, um dann unter sein Hemd zu rutschen. Sie fühlte seinen starken Rücken und spürte, wie sein Herz gegen die Rippen hämmerte – im gleichen Takt wie das ihre. Sie atmeten schwer wie Marathonläufer.

Das war's, dachte sie.

Plötzlich waren die Schritte wieder zu vernehmen, bis sie sich nach und nach in der Ferne verloren.

Noah ließ sie los und taumelte einen Schritt zurück. Für einen Moment starrten sie sich beide nur schweigend an, schier paralysiert angesichts dessen, was soeben passiert war.

Sie hatten dem Tod ins Auge blicken müssen, um die Wahrheit zu erkennen, und nichts und niemand konnte die Gefühle, die soeben zutage getreten waren, leugnen. Sydney hob die Arme in dem Wunsch, ihn wieder an sich zu ziehen. Ihr Mund war leicht geöffnet, und ihr ganzer Körper sehnte sich nach seiner Berührung ...

Da begann Noah, sich zu entschuldigen. »Wow, tut mir Leid«, sagte er und rieb sich die Augen. »Ich wollte ... es musste ja realistisch aussehen. War das nun einer vom K-Direktorat oder irgendjemand anders?«

»Was?«, rief sie und ihr Mund klappte zu.

»Sie haben ihn doch gesehen, oder nicht? Ich dachte, es war einer ihrer Agenten?«

»Es ... ja, es hätte einer von ihnen sein können, aber ...«

»Also gab es keine andere Möglichkeit. Ich hätte nämlich andernfalls nie ...« Er schüttelte den Kopf, wie um sich der Erinnerung zu entledigen. »Ich meine, das verstehen Sie doch, oder? Alles im Sinne der Pflichterfüllung.«

»Klar.« Sie spürte, wie ihre Wangen feuerrot wurden. Allein die Vorstellung, dass er das alles gar nicht so gemeint und auf welche Weise sie *ihn* geküsst hatte, war unerträglich ...«

»Manchmal ist derartiger Körpereinsatz nötig«, dozierte er weiter. »Ist eine der besten Methoden, sich in der Öffentlichkeit zu tarnen.«

Wollte er damit etwa andeuten, dass er dergleichen schon öfter getan hatte? Mit einer anderen?

»Natürlich«, krächzte sie. »Wie man ja gesehen hat.«

»Dann verstehen Sie das also«, erwiderte er erleichtert.

»Was glauben Sie, warum ich das getan habe?«, fuhr sie ihn an.

Ihr Ausbruch schien ihn einen Moment lang aus der Fassung zu bringen. Wieder starrten sie einander sprachlos an.

»Gut«, sagte Noah schließlich.

»Gut«, wiederholte sie mit fester Stimme und wild entschlossen, auf keinen Fall so dümmlich zu wirken, wie sie sich fühlte.

»Wir sollten nun besser weiterziehen.«

»Dem stimme ich zu.«

Vorsichtig schoben sie sich aus ihrer Deckung im Hauseingang und rannten in entgegengesetzter Richtung davon. Vielleicht war der Mann in Schwarz vom K-Direktorat gewesen, vielleicht nicht. Doch trotz allem, was Noah eben gesagt hatte, konnte Sydney nicht vergessen, dass er sie mit seinem ganzen Körper abgeschirmt hatte, wie wenn er sie vor einer Kugel hätte schützen wollen. Auch konnte sie nicht vergessen, mit welcher Leidenschaft er sie geküsst und wie sie darauf reagiert hatte.

Sie beschleunigte ihren Schritt und versuchte zu vergessen. Sie beide hatten heute Nacht eine Menge durchgemacht. Wenn sich Menschen in solch dramatischen Momenten ein wenig näher kamen, hatte das nicht zwangsläufig etwas zu bedeuten.

Es bedeutete ganz einfach gar nichts.

Wenn wir hier lebend rauskommen, denke ich darüber nach, entschied sie, als sie Noah in einen kleinen Park folgte.

Der kleine Baumbestand direkt in der Mitte bot ein gutes Versteck. Die weit herabhängenden Äste zeichneten seltsame Schatten ins Gras. Sydney und Noah krochen in den Schutz des dichten Blattwerks und verschmolzen dank ihrer schwarzen Kleidung vollständig mit der Dunkelheit.

»Wir haben keine Zeit, mit dem Taxi zurück zum Friedhof zu fahren, um neue Ausrüstung zu holen«, ließ Noah sie wissen. Sein Ton war wieder völlig geschäftsmäßig. »Aber wir müssen unbedingt zu Waffen kommen.«

»Hier?«, fragte Sydney ungläubig. »Im Niemandsland? In diesem Park? Lassen Sie mich also Plan B hören.«

»Wir brauchen Waffen«, beharrte er. »Wie viel Geld haben Sie bei sich?«

»'ne Menge.«

»Man kann alles kriegen, wenn man bereit ist, den Preis dafür zu zahlen. Die richtige Bar, ein einschlägiger Kontakt im Nachtclubviertel der Stadt ...« Er dachte angestrengt nach. »Das Problem ist, wir verlieren kostbare Zeit. Gerade im Moment könnten sie schon dabei sein, das Arsenal auszuräumen.«

In Sydneys Kopf arbeitete es fieberhaft, und sie versuchte, sich allein auf den Fall zu konzentrieren. Ihrer beider Leben waren in Gefahr, wie auch der gesamte Einsatz. Wenn ihnen nicht bald etwas Schlaues einfiel ...

Plötzlich hellte sich ihr Gesicht auf. »Ich weiß, wo wir Waffen herkriegen«, rief sie. »Und ich hab sogar noch 'ne andere Idee.«

Zum zweiten Mal an diesem Abend holte sie das Handy hervor und wollte schon eine Nummer eintippen, als Noah ihren Arm packte und sie zurückhielt.

»Einen Moment mal«, sagte er schroff. »Alles, was zu entscheiden ist, entscheiden wir gemeinsam.«

KAPITEL 14

»Fertig?«, flüsterte Noah. »Wir haben nur diese eine Chance.«

Sydney und Noah lagen bäuchlings auf dem Dach von Monique Larousses Modehaus und starrten drei Stockwerke tief in die dunkle Gasse hinter dem Gebäude – und auf die zwei K-Direktorat-Agenten, die in ihr hin und her patrouillierten.

Es war nicht schwer gewesen, das Haus am Ende der Straße zu erklimmen und über das Dach bis zu diesem Punkt zu kommen. Was schwer werden würde, war, wieder runterzukommen.

Sydney holte tief Luft. »Fertig.«

»Ich übernehme Anatolii«, sagte Noah und deutete auf den größeren der beiden Agenten. »Sie sind sicher, dass Sie mit dem anderen klarkommen?«

Das wäre schön, dachte Sydney. *Immerhin war es meine Idee.*

Plötzlich fand sie, dass sich ihr Plan, einen bewaffneten K-Direktorat-Agenten allein mit Krav Maga zu bezwingen, im Park irgendwie besser angehört hatte. Was, wenn er aufblickte und sie sah, noch bevor sie ihn überwältigen konnte ...

Noah schien ihre Unentschlossenheit zu bemerken. »Ich könnte versuchen, sie beide zu erledigen, aber ...«

»Nein«, sagte sie schnell. »Ich schaff das schon. Wir müssen das zusammen machen.«

»Alles klar mit Ihrem Strick?«

Sydney überprüfte die Leine aus zusammengeknoteten Laken und Kissenüberzügen, die sie sich um die Taille gebunden hatte. Dafür hatten sie einige Trockenleinen in verschiedenen Hinterhöfen geplündert, nicht ohne den nichts ahnenden Franzosen zur Entschädigung ein wenig Geld unter die Fußmatten zu legen.

»Sieht gut aus«, erwiderte sie. »Sind Sie sicher, dass diese Trossen unseren Fall ausreichend bremsen werden?«

»Hoffen wir mal das Beste.«

»Noah –«

»Wird schon klappen.«

Sie lugten wieder über den Dachrand nach unten. Die feindlichen Agenten marschierten militärisch diszipliniert auf und ab, wobei sich ihr Weg mitten auf der Gasse von Zeit zu Zeit kreuzte. Die Lichtkegel ihrer Taschenlampen schwenkten unentwegt von rechts nach links und zurück, und ihre Jacken standen offen, sodass sie im Ernstfall blitzschnell ihre Waffen ziehen konnten. Als die beiden sich wieder aufeinander zubewegten, griff sich Noah eine Hand voll Kies.

»Okay«, flüsterte er. »Los geht's!« Mit einer ausholenden Bewegung schleuderte er die Steinchen in ein Gebüsch hinter dem Abfallcontainer. In der nächtlichen Stille machten die Kiesel in dem Gestrüpp ein so lautes Geräusch wie Maschinengewehrfeuer. Fast gleichzeitig wirbelten die beiden K-Direktorat-Agenten herum und strahlten mit ihren Taschenlampen die Stelle an, aus der das Geräusch gekommen war. Unisono hatten sie ihre Waffen gezogen.

»Jetzt!«

Als Sydney und Noah vom Dach sprangen, entrollten sich ihre improvisierten Sicherheitsleinen. Sie landeten direkt auf den Rücken der beiden feindlichen Agenten und brachten sie damit zu Fall. Der Kampf, den Sydney befürchtet hatte, war vorbei, noch ehe er richtig begonnen hatte. Das Objekt ihrer Attacke schlug so hart auf dem Pflaster auf, dass es Taschenlampe und Waffe verlor. Der Mann schnappte empört nach Luft, als sie ihn mit seinen eigenen Handschellen auf dem Rücken fesselte. Schließlich befreite sie sich von der provisorischen Sicherheitsleine und drehte sich zu Noah um.

»Alles klar!«, rief sie ihm zu.

Auch Noah hatte seinen Gegner fest im Griff. Genauer gesagt lag Alek Anatolii mit dem Gesicht im Dreck, während Noah ihn mit einem Fuß in seinem Rücken zu Boden drückte und ihn gleichzeitig zu fesseln versuchte. Doch der bullige Mann gab nicht kampflos auf und schlug wild um sich. Und plötzlich sah Sydney, dass es Anatolii gelungen war, Noah abzuschütteln und ein Stückchen davonzukriechen. Dabei suchten und fanden seine Hände etwas, das nicht weit entfernt von ihm am Boden lag.

Die Waffe!

Diese Tatsache schrillte in ihrem Kopf wie eine Alarmglocke. Instinktiv machte sie einige rasche Schritte auf Anatolii zu und trat ihm mit voller Wucht unter das Kinn. Hart schlug sein Kopf in den Nacken, bevor er auf dem Pflaster zusammensackte.

Sydney hielt den Atem an, als Noah zu ihnen eilte und den Puls des reglos am Boden liegenden Anatolii überprüfte. »Habe ich ... ist er ... tot?«, fragte sie tonlos.

»Nein, aber Sie haben ihm ganz schön zugesetzt«, sagte Noah nicht ohne Anerkennung in der Stimme, während er dem muskulösen Agenten die Handschellen anlegte. »Kommen Sie. Helfen Sie mir mal, diesen Abschaum aus dem Weg zu räumen.«

Gemeinsam zerrten sie Anatolii und seinen Partner hinter den Abfallcontainer und fesselten die beiden mit einem dritten Paar Handschellen an den schweren Stahlbehälter. Während Sydney die Szenerie mit einer der erbeuteten Taschenlampen ausleuchtete, durchsuchte Noah die beiden Agenten nach weiteren Waffen. Der Mann, auf dem sie nach ihrem Sprung vom Dach gelandet war, grunzte dabei in einem halb bewusstlosen Zustand; Anatolii dagegen wachte gar nicht erst auf.

»Die haben 'ne Menge illegales Zeug bei sich.« Grinsend sah Noah zu Sydney, als er ein Feuerzeug aus Anatoliis Tasche zog. »Und das hier sollte uns die Arbeit wirklich erleichtern. Los, sammeln Sie inzwischen die großen Pistolen ein.«

Sydney rannte zurück zum Kampfschauplatz und fand Anatoliis Waffe sowie dessen Taschenlampe am Boden liegen. Gerade als sie sich danach bücken wollte, erschien Noah wie aus dem Nichts neben ihr.

»Nett, dass sich die beiden um unser Waffenproblem gekümmert haben, nicht?«, bemerkte er, als er sich selbst mit Waffe und Taschenlampe ausrüstete.

Sie nickte, aber sie hoffte im Stillen wieder einmal, dass es nicht zu einer Schießerei kommen würde. Was nicht passieren würde, wenn alles so lief, wie sie es für den zweiten Teil ihres Planes vorgesehen hatten ...

»Kommen Sie«, sagte Noah. »Machen wir weiter.«

Sie liefen auf den Hintereingang des Modehauses zu, dessen Tür durch ihren früheren gewaltsamen Eintritt in das Gebäude noch immer schief in den Angeln hing. Mit gezückten Waffen und Taschenlampen betraten sie den Flur, als in einiger Entfernung der erste Alarm losging. Sie grinsten sich zu, eilten die Stufen hinauf in die Haupthalle und rannten direkt in den Anproberaum. Die Geheimtür stand immer noch offen. Sie quetschten sich hinein, hasteten die Stiege hinab und setzten ihren Weg durch den dämmrigen Gang fort, der sie direkt in das geheime Waffenarsenal führen würde.

Als sie die Gabelung erreichten, blieb Sydney zögernd stehen. »Ich sollte das mal überprüfen«, sagte sie zu Noah. »Ich finde, wir sollten wissen, wohin dieser zweite Gang führt.«

»Okay«, erwiderte er. »Aber machen Sie schnell.« Schon war er in dem linken Tunnel davongerannt.

Sie sah ihm kurz nach und betrat dann den dunklen Gang zu ihrer Rechten. Der Stollen wurde immer enger, und dann fiel das Licht ihrer Taschenlampe plötzlich auf eine schmutzige Wand – eine Sackgasse. Der Gang war offensichtlich nie fertig gestellt worden; vielleicht, weil man festgestellt hatte, dass er in die falsche Richtung führte. Sie wirbelte herum und sprintete zurück, um Noah wieder einzuholen.

Im Bunker angekommen, wurde sie von einem Feuer empfangen, das auf dem Metallboden loderte. Abrupt stoppte sie ihren Lauf und sah erstaunt, wie der Schein der Flammen von den stählernen Wänden zurückgeworfen wurde und das gut bestückte Waffenlager in ein unwirkliches Licht tauchte. Die Falltür, durch die Noah und sie entkommen waren, stand noch immer offen und hing nur noch halb in ihren Angeln. Daneben stand Noah und speiste das Feuerchen mit dem Barvermögen des K-Direktorats.

»Der andere Tunnel ist eine Sackgasse«, verkündete Sydney atemlos.

Noah grinste und warf ihr eine Unterwassertaschenlampe zu. »Gut.« Dann schnappte er sich eine Kiste mit Granaten. »Sind Sie bereit?«

Sydney nickte. »Und Sie?«

Statt einer Antwort warf Noah die Granaten in die Flammen. Das Feuer loderte auf, und nachdem er sich eine zweite Unterwassertaschenlampe geschnappt hatte, tauchte er kopfüber in die Falltür und verschwand im dunklen Wasser. Ohne zu zögern ließ Sydney die Waffe fallen und folgte ihm.

Das Wasser in dem vertikalen Schacht war genauso kalt und trüb wie beim ersten Mal, doch Sydney bemerkte es kaum. Mit kräftigen, schnellen Zügen tauchte sie auf den horizontalen Verbindungstunnel zu und sah im Schein ihrer Taschenlampe gerade noch Noahs Füße darin verschwinden.

In dem waagerechten Schacht war die Sicht noch immer schlecht und die Tunnelwände waren noch immer bedrohlich nah. Ob der zunehmenden Atemnot brannten ihre Lungen wie Feuer, doch Sydney riss sich zusammen und versuchte, nicht in Panik zu geraten. Stattdessen schwamm sie noch ein bisschen schneller, fest entschlossen, es auch dieses Mal zu schaffen. In diesem Moment erstarb das Licht ihrer Taschenlampe, und ihr Herz setzte vor Schreck fast aus, doch einige Sekunden später brannte die Lampe wieder mit voller Leistung. Gleichzeitig stellte sie fest, dass sie das Ende des Tunnels erreicht hatte.

Sie tauchte hinein in die Seine und strampelte, so schnell sie konnte, Richtung Freiheit. In diesem Moment wusste sie, dass sie es geschafft hatte. Über sich konnte sie Noah erkennen, und nur Sekunden später durchbrachen sie nach Luft schnappend die Wasseroberfläche. Während die kalte Nachtluft sie umfing, erschütterte die erste Explosion die schlafende Stadt.

Ein Knall wie von Kanonenfeuer sandte Schockwellen durch den Fluss. Vorsichtig weiterschwimmend, zogen Noah und Sydney ihre Köpfe ein in der bangen Erwartung, dass die nachfolgenden kleineren Explosionen das eine oder andere Geschoss in ihre Richtung schleudern könnten.

»Das meiste wird sich unterirdisch abspielen«, sagte Noah in diesem Augenblick, als ob er ihre Gedanken gelesen hätte. »Sonst hätten wir diese Aktion auch nicht mitten in der Stadt riskieren können.«

Eine weitere Explosion zerriss die Stille, und der Donner wurde vielfach von den umliegenden Gebäuden zu beiden Seiten der Seine zurückgeworfen. Feuersirenen heulten auf, begleitet von aufgeregten Rufen und den auf- und abschwellenden Martinshörnern von Polizei- und Krankenwagen.

»Was war das?«, schrie Sydney über den Lärm hinweg. »Eine Bombe?«

Noah grinste. »Ist das nicht genau das, was Sie der Feuerwehr erzählt haben?«

»Und hab ich Ihnen nicht prophezeit, dass sie schnell hier sein würden?«

»Ich bin sicher, der Grund ist, dass Sie ihnen angedroht haben, sie auch zu zünden.« Er schüttelte unmerklich den Kopf und sah sie aus zusammengekniffenen Augen an. »Langsam fangen Sie an, mich zu erstaunen, Bristow. Kommen Sie. Lassen Sie uns von hier verschwinden und einen besseren Beobachtungsposten suchen.«

Sie ließen sich von der Strömung auf eine nahe gelegene Böschung zutreiben und stiegen, immer noch auf der gleichen Flussseite wie das Modehaus, aus dem Wasser. Die nachfolgenden Explosionen und das Geheul der Sirenen schienen die ganze Stadt geweckt zu haben, und die umliegenden Straßen füllten sich mit schreienden, verängstigten Menschen.

Es funktioniert, dachte Sydney, nachdem sie an Land gegangen waren und durch die dunklen Gassen hetzten. *Bis jetzt hat es funktioniert ...*

Teil eins ihres Plans, den sie mit Noah ausgeheckt hatte, bestand darin, das Waffenarsenal zu zerstören. Teil zwei sah vor, die vier Agenten zu neutralisieren, und um dieses Ziel zu erreichen, das wussten sie, würden sie Hilfe benötigen. Das war der Moment gewesen, als Sydney auf die Idee gekommen war, anstelle der Polizei die Feuerwehr zu alarmieren. Also hatte sie mit ihrem Handy, dessen Anrufe nicht zurückverfolgt werden konnten, dort angerufen und in gebrochenem Französisch nur zwei Sätze in den Hörer gezischt: »Im Modehaus Monique Larousse ist eine Bombe. Lang lebe die Volksrevolution Gottes!«

Sie hatte wie eine Terroristin klingen wollen, und der Aufregung am anderen Ende der Leitung nach zu urteilen, war ihr dies auch gelungen. Der Dienst habende Telefonist war wahrscheinlich immer noch wie ein Hahn ohne Kopf umhergesprungen, als Noah dort angerufen und in perfektem Französisch seinen eigenen Bericht erstattet hatte:

Er sei gerade an einem Laden namens Monique Larousse vorbeigekommen und habe beobachtet, wie eine Frau mit einem Benzinkanister aus dem Fenster geklettert und geflohen sei. Ob er sie beschreiben könne? *Mais oui!* Eine große, schlanke Person ganz in Schwarz gekleidet, Mitte dreißig, tiefschwarzes Haar, blasse Haut und blutroter Lippenstift.

Wenn ihnen die Larousse heute Abend über den Weg läuft, haben sie ihre Tatverdächtige, dachte Sydney, als sie und Noah um eine Ecke bogen. *Kein Wunder, bei einer derart detaillierten Beschreibung!*

Eine laute, schnelle Folge von heftigen Detonationen zeigte an, dass das Feuer in dem Bunker unter der Seine inzwischen auf etwas anderes – vielleicht einen hochexplosiven Sprengstoff – übergesprungen war. Immer mehr Menschen strömten aus den umliegenden Bars und Clubs herbei. Die rotierenden Warnlichter auf den zahlreichen Löschzügen und Einsatzwagen tauchten die Straße vor dem Modehaus und die Gasse dahinter in ein surreales Wechselspiel aus farbigem Licht. Polizisten riegelten den Ort großräumig mit Absperrband ab, das sie kurzerhand zwischen ihren Fahrzeugen anbrachten, riefen sich gegenseitig Befehle zu und versuchten so gut es ging, die schaulustige Menge zurückzuhalten. Sydney und Noah liefen weiter, um schließlich in eine Straße einzubiegen, die direkt in die Gasse mündete, in der sich der Hintereingang des Modehauses befand.

Hier waren weniger Menschen zusammengelaufen, wenngleich die Explosionen an dieser Stelle nicht minder laut zu hören waren. Noah huschte zwischen zwei Gebäude und stieg eine Feuerleiter hinauf. Die letzten Adrenalinreserven mobilisierend, setzte Sydney ihm nach. Kurz darauf hatten sie das Dach erklommen und konnten nun direkt in die Gasse hinunterschauen.

»Was für ein Chaos«, wisperte Noah erfreut. »Mal sehen, ob wir noch näher rankommen.« Vorsichtig kroch er auf dem Flachdach voran und achtete sorgsam darauf, sich möglichst im Schatten zu halten.

Sydney folgte ihm vorsichtig, wobei sie mit einem Auge Noah und mit dem anderen die Ereignisse am Boden beobachtete. Dort rannten Polizisten und Feuerwehrleute hin und her in dem verzweifelten Versuch, die Quelle für die Explosionen ausfindig zu machen. Niemandem war es gestattet, das Modehaus zu betreten. Die Fenster im Erdgeschoss waren allesamt zerstört. Ob durch die Explosionen oder durch die Einsatzkräfte, vermochte Sydney nicht zu sagen. Das Glas lag auf dem Bürgersteig verstreut, wo es allmählich unter den darüber hinwegeilenden Stiefeln pulverisiert wurde.

Als Noah fast genau gegenüber dem Modehaus angekommen war, legte er sich flach auf den Bauch und bedeutete Sydney, das Gleiche zu tun.

»Sehen Sie die zwei K-Direktorat-Agenten dort unten?«, fragte er nicht ohne Schadenfreude, als er über die Dachkante hinweg auf das Gebüsch deutete. Trotz der zahlreichen Lichtquellen, die das Gebäude anstrahlten, lag der Bereich hinter dem Abfallcontainer noch immer im Dunkeln.

Plötzlich erschütterte eine riesige Explosion die Erde, sodass sich sämtliche Einsatzkräfte auf den Boden warfen und ihre Köpfe schützend bedeckten. Ein Fenster im dritten Stock zerbarst, und ein Schauer aus Glassplittern ergoss sich in die Gasse. Einige Umstehende schrien, und wieder heulten Sirenen auf.

»Wie lange geht das wohl noch so weiter?«, fragte Sydney besorgt.

Er zuckte die Achseln. »Wen kümmert's, solange sich das ganze Spektakel unter der Erde abspielt?«

Er machte sich nicht die Mühe, leise zu sprechen, und wenn, so hätte Sydney ihn in dem Tumult vermutlich gar nicht verstanden. Eine Reihe kleinerer Explosionen folgte; es hörte sich an, als würden Silvesterknaller gezündet, die wie Gewehrfeuer von den Häuserwänden widerhallten.

Die Hilfskräfte am Boden hatten gerade wieder ihre Arbeit aufgenommen, als eine weitere Störung sie dabei behinderte. Laut schimpfend liefen nun fünf Personen in die Gasse; es waren Monique Larousse und ihr verbliebener Mitarbeiter des K-Direktorats, die sich mit drei französischen Polizisten ein heftiges Wortgefecht zu liefern schienen.

»Madame! Monsieur!«
»Vous ne pouvez pas entrer là!«
»Arrêtez! Revenez!«

Mit einem ungläubigen Lächeln drehte sich Noah zu Sydney um. »Nennen Sie mich verrückt, aber ich glaube, der zweite Teil unseres Plans funktioniert!«

Durch die Rufe ihrer Kollegen angelockt, kamen nun weitere bewaffnete Polizisten herbeigelaufen. Sie formierten sich in einer Reihe vor dem Modehaus, um die beiden Personen am Betreten zu hindern.

»Ich bin Monique Larousse!«, rief die Agentin aufgebracht und versuchte, an den Uniformierten vorbei in das Gebäude zu gelangen. »Ich muss da rein, bevor ich alles verliere!«

»Zu spät«, meinte Noah lakonisch.

Ein schneller Wortwechsel folgte, bei dem jeder auf jeden einzubrüllen schien. Larousse ereiferte sich zusehends, wobei sie abwechselnd mal auf ihren Firmensitz, mal auf ihren Partner neben sich zeigte. Ein wenig abseits stand ein Polizist und sprach in ein Walkie-Talkie. Sydney beobachtete, wie er plötzlich das Gerät ausschaltete, mit raschen Schritten auf Monique Larousse zuging und sie offensichtlich zur Rede stellte.

»Was passiert da jetzt wohl?«, fragte Sydney Noah. Sie verging fast vor Neugier.

»Ich nehme an, der Polizist beschuldigt die Larousse und ihren Kumpel gerade der vorsätzlichen Brandstiftung zwecks Versicherungsbetruges«, gab Noah sichtlich entzückt zurück.

Und tatsächlich veranstaltete Larousse nun ein unglaubliches Gezeter, bei dem sie heftig in alle Himmelsrichtungen gestikulierte. Doch bevor sie sich versah, wurden sie und ihr Partner in Handschellen gelegt und zu einem Einsatzwagen gebracht.

Fast im gleichen Moment wurde ein Ruf in der Gasse laut. Ein junger Uniformierter hatte Anatolii und den vierten Agenten hinter dem Müllcontainer entdeckt. Sofort brach hektische Betriebsamkeit aus, als der Fundort mit Flutlicht erleuchtet und genauer inspiziert wurde. Noah kicherte, als die beiden Männer eine Leibesvisitation über sich ergehen lassen mussten, bei der allerlei illegale Ausrüstung zutage gefördert wurde. Sofort machte sich nervöse Unruhe breit, was sich darin zeigte, dass nun sämtliche Polizisten zu ihren Waffen griffen. Schließlich wurden auch die beiden letzten K-Direktorat-Agenten abgeführt und in einen Einsatzwagen verfrachtet.

Es war vorbei.

»Wir haben's geschafft!«, triumphierte Sydney. »Wir sind die Größten!« Begeistert hielt sie Noah ihre Hand zum High-five hin.

Doch als sie seinen überraschten Gesichtsausdruck sah, winkte sie ihm stattdessen nur etwas unbeholfen zu. Zum ersten Mal seit Stunden wurde sie sich wieder ihres Altersunterschiedes bewusst und auch darüber, über wie viel mehr Erfahrung er im Gegensatz zu ihr doch verfügte.

Ach du liebe Güte, dachte sie und ihr Herz sank, *jetzt denkt er bestimmt, ich bin ein albernes, unreifes Mädchen.*

Mit einem Mal fühlte sie sich unglaublich lächerlich. Doch bevor sie ihre Hand wieder sinken ließ, schlug Noah plötzlich ein. »Gute Arbeit, Agentin Bristow«, sagte er herzlich.

Er lächelte sie an, und sie lächelte zurück, hingerissen und wonnetrunken gleichermaßen.

Agentin Bristow, dachte sie glücklich. *Wie gut das klingt!*

KAPITEL 15

Als es an der Tür ihres Hotelzimmers klopfte, schrak Sydney in ihrem Bett auf.

Müde und fertig, wie sie war, hatte sie sich in voller Montur einfach auf das Federbett geschmissen und war eingeschlafen. Nun suchte ihr Blick den Wecker auf dem Nachttisch, und ein missbilligendes Grunzen entfuhr ihrer Kehle. Sie hatte gerade einmal zwei Stunden geschlafen!

Wenigstes bin ich schon angezogen, dachte sie erschöpft, als sie ihre bestrumpften Füße auf den Teppich schwang und zur Tür wankte. Sie hatte sich letzte Nacht etwas Neues zum Anziehen kaufen wollen, aber die Geschäfte waren zu dieser späten Stunde schon geschlossen gewesen. Also hatten sie und Noah auch weiterhin ihre schwarzen Hosen und Rollkragenpullis tragen müssen, die sie für ihre Mission ausgewählt hatten. Sie fand, dass sie in dieser Aufmachung wie ein ungeschminktes Pantomimenpärchen aussahen.

In der Tat, völlig *ungeschminkt,* dachte sie wehmütig und strich sich rasch die Haare glatt. Gott sei Dank hatte es hier wenigstens die Möglichkeit gegeben, sie zu waschen.

Sie und Noah hatten in den frühen Morgenstunden in diesem billigen Hotel eingecheckt, nachdem sie ihren Beobachtungsposten auf dem Dach aufgegeben und ein Taxi Richtung Süden genommen hatten. Und auch wenn Sydney gern zum *Plaza Athénée* zurückgekehrt wäre, um einen Hauch von Luxus zu atmen und ihr SD-6-Outfit gegen eine Designergarderobe getauscht hätte, war Noah der Ansicht gewesen, dass dies zu riskant sei.

»Das K-Direktorat besteht ja nicht nur aus vier Leuten«, hatte er sie erinnert. »Unsere Suite könnte von überall in der ganzen Welt beobachtet werden.«

Also hatten sie mit dem Bargeld, das sie bei sich trugen, zwei getrennte Hotelzimmer am anderen Ende der Stadt genommen. Sydneys Raum war klein, aber sauber. Doch unter den gegebenen Umständen hätte sie sogar im Stehen übernachtet, so erledigt war sie gewesen. Und dann hatte sie feststellen müssen, dass sie noch viel zu überdreht und durchnässt war, um sich auch nur zu entspannen. Also hatte sie die halbe Nacht damit zugebracht, ihre Kleider mit dem Hotelfön zu trocknen.

Als sie die Tür öffnete, stand Noah draußen und grinste sie an. Er wirkte so ausgeruht und frisch, als wäre er gerade von einem zweiwöchigen Urlaub zurückgekehrt. Er hielt ihr eine Flasche Orangensaft und eine Zeitung entgegen. »Für Sie«, sagte er. »Wie haben Sie geschlafen?«

Sydney nahm erst mal einen tiefen Schluck aus der Flasche, bevor sie seine Frage beantwortete. »Hab ich überhaupt geschlafen?«, murmelte sie. Sie bat ihn herein und schloss die Tür.

Er lachte, als er durchs Zimmer ging und die Zeitung auf ihr Bett warf. »Zu viel Spaß gehabt, was?«

»Zu viel Spaß und keinen Pyjama, ja ... Übrigens, wie haben Sie denn geschlafen in Ihren nassen Klamotten?«

Er zwinkerte ihr zu. »Ich hab sie ausgezogen.«

Die Bemerkung ließ sie erröten. Nicht, dass sie es anrüchig fand, dass jemand nackt schlief – sie fand nur, sie sollte sich Noah in dieser Situation besser nicht vorstellen. Oder die Art und Weise, wie er sie letzte Nacht geküsst hatte. Und besonders, wie sie darauf reagiert hatte ...

»Ich hab Stunden damit zugebracht, meine Klamotten mit dem Hotelfön zu trocknen«, sagte sie in dem Wunsch, das Thema zu wechseln. »Das ist mir auch ganz gut gelungen, nur meine Schuhe sind immer noch ganz klamm.«

Noah verzog das Gesicht. »Hört sich stressig an. Ich hab meine Sachen einfach aufgehängt, und das war's. Bis auf die Schuhe natürlich.«

»Ja, die Schuhe«, wiederholte sie lahm und vermied es, ihn anzusehen. Stattdessen trank sie den Rest Orangensaft aus und stellte die Flasche auf dem kleinen Beistelltisch ab.

»Ich hab Ihnen für den Rückflug ein wenig Lektüre mitgebracht«, sagte Noah. Er nahm die Zeitung wieder zur Hand und reichte sie ihr. »Schau'n Sie mal.«

Sydney überflog die Schlagzeile der englischsprachigen Gazette: VIER PERSONEN WEGEN VERDACHT AUF WAFFENSCHMUGGEL FESTGENOMMEN. Der zugehörige Artikel, begleitet von einem Foto des Modehauses, vor dem zahlreiche Einsatzwagen standen, nahm die ganze erste Seite in Anspruch.

»Wenn sie von den Waffen wissen, dann wissen sie auch von dem Tunnel in das unterirdische Lager«, schlussfolgerte Sydney. Sie hatte es sich auf der Bettkante bequem gemacht und begann zu lesen. »Ich hatte vermutet, der wäre eingestürzt.«

Noah lehnte sich gegen die Wand. »Der Bunker ist wahrscheinlich verschüttet und überflutet worden. Aber die ganzen Explosionen haben die Polizei sicherlich zu den richtigen Schlüssen geführt. Und außerdem haben die Verantwortlichen jetzt alle Zeit der Welt, die Sache genauer zu untersuchen. In Anbetracht dessen, was sie unter der Erde und in den Geschäftsbüchern finden werden, ist es nicht sehr wahrscheinlich, dass Monique Larousse ihren Laden noch mal eröffnet.«

»Also waren alle, die dort gearbeitet haben ... Henri, Arnaud, Yvette ... Angehörige des K-Direktorats?«

»Das glaube ich nicht. Ich hab heute Morgen mit dem SD-6 Kontakt aufgenommen, und es sieht so aus, als ob nur die vier Personen, mit denen wir es zu tun hatten, dem Dienst bekannte Agenten waren. Die Larousse hat den Laden nach außen hin geführt, während Anatoliis Leute die Waffen geschmuggelt haben. Die anderen Angestellten scheinen nur ahnungslose französische Staatsbürger zu sein.«

Voller Abscheu schüttelte Sydney den Kopf.

»Lesen Sie mal die nächste Seite«, meinte Noah. »Es wird noch besser.«

Auf Seite zwei der Zeitung war ein Foto abgedruckt, auf dem alle vier Agenten in Handschellen ins Polizeihauptquartier geführt wurden. Das Gesicht von Monique Larousse war klar zu erkennen, wohingegen es Anatolii gelungen war, sich abzuwenden. Die beiden anderen Agenten waren deutlich im Profil zu sehen.

»Damit ist ihre Deckung aufgeflogen!«, gluckste Noah. »Der Gang zum plastischen Chirurgen wird unvermeidbar sein, bevor diese Herrschaften noch mal eingesetzt werden können.«

»Noch mal eingesetzt?«, fragte Sydney ungläubig.

»Klar. Das K-Direktorat wird die vier natürlich rausboxen. Oder haben Sie etwa geglaubt, man würde die für immer einbuchten?«

»Nun ... eigentlich ... ja.«

Noah lächelte. »Sie sind so süß, wenn Sie so ahnungslos sind ... Fakt ist, wir werden die vier wieder sehen, und das nächste Mal, seien Sie versichert, werden sie versuchen, sich zu revanchieren. Auch wenn es Sie erschreckt, was ich jetzt sage, aber wir hätten sie erschießen sollen, als wir die Gelegenheit dazu hatten.«

Sydney starrte zu Boden. Sie wussten beide, dass es ihr zu verdanken war, dass die vier Agenten stattdessen lediglich verhaftet worden waren.

»Ich wollte niemanden töten«, gab sie zu. »Es ist eine Sache, jemanden in Notwehr erschießen zu müssen, aber ihn einfach kaltblütig abzuknallen ...«

Zu ihrer Überraschung kam Noah jetzt auf das Bett zu und tätschelte im Vorbeigehen ihre Schulter. »Niemand *will* das ... Wie dem auch sei, die vier werden so lange festgehalten werden, dass wir beide hier verschwinden können. Draußen wartet ein Taxi. Sind Sie fertig?«

»Jetzt gleich?«, rief sie erstaunt. »Das Taxi wartet schon vor der Tür?«

»Ja, erstaunlich, was ein einfaches Telefonat so alles bewirken kann.«

»Aber ... das heißt, wir fliegen jetzt schon zurück nach L. A.?«

»*Sie* fliegen zurück, Sydney. Das SD-6 hat Ihnen ein Ticket reserviert. Ich hab hier noch ein paar Dinge zu erledigen, aber ich werde mit Ihnen zum Flughafen kommen.«

»Oh«, sagte sie enttäuscht. »Ich dachte, wir kehren gemeinsam zurück.« Das hatte sie wirklich gehofft. Und sie hatte sich vorgestellt, dass sie, wenn sie erst einmal Seite an Seite im Flugzeug saßen, sich trauen würde, ihn zu fragen, wann sie sich wieder sehen würden ... und was es in diesem Fall bedeuten würde.

Noah lächelte nur und sah sich in dem kahlen Hotelzimmer um. »Und? Schon alles gepackt?«

»Wie ungemein witzig«, erwiderte Sydney und schlüpfte in ihre feuchten Schuhe.

»Das Gute an einem Flug von Europa in die USA ist, dass Sie nur drei Stunden verlieren«, bemerkte Noah, als ihr

Taxi auf das Flughafengelände rollte. »Sie werden also pünktlich zu Ihren Nachmittagsvorlesungen wieder zu Hause sein.«

Er grinste Sydney an, und sie wusste, er zog sie auf, damit sie sich wieder einmal darüber beschwerte, wie erschöpft sie war. Tatsächlich war sie völlig am Ende, und doch wollte sie Noah gegenüber keine Schwäche eingestehen.

»Perfekt«, sagte sie daher, als sie aus dem Taxi stiegen. »Was du heute kannst besorgen, das verschiebe nicht auf morgen!«

Vielleicht kann ich ja im Flugzeug ein bisschen schlafen, dachte sie. *Oder während der Vorlesungen. Hauptsache ich kann sagen, ich bin hingegangen.*

Alles war besser, als dass Noah dachte, sie wäre dem Agentenleben nicht gewachsen.

Im Flughafen geleitete er sie zu einem Shop. Die meisten Geschäfte waren zu dieser frühen Stunde noch geschlossen, aber ein Kaffeestand und der angrenzende, unvermeidliche Souvenir- und Zeitschriftenladen hatten schon geöffnet.

»Vielleicht möchten Sie sich ein Portemonnaie oder eine kleine Handtasche kaufen«, schlug er vor. »Sähe besser aus, als den Pass ständig aus der Gesäßtasche fummeln zu müssen, was meinen Sie?«

»Gute Idee.« Sie hatte sich schon eine Geschichte überlegt, in der sie in einen Swimmingpool gefallen war, falls man sie auf ihren nassen Reisepass ansprechen sollte.

Noah wartete draußen auf sie, während sich Sydney das überschaubare Angebot in dem kleinen Geschenkeladen ansah. Eine Kollektion billiger Nylongeldbörsen war alles, was hier im Angebot war. Sie kaufte sich eine in Blau, denn alles war besser, als in aller Öffentlichkeit ihr T-Shirt hochzuziehen, um an ihren Dokumentengürtel zu gelangen. Als sie Richtung Kasse ging, legte sie noch ein paar andere Dinge ins Einkaufskörbchen wie Lipgloss, Pfefferminz und eine zusammenklappbare Haarbürste. Ein mattblaues Haarband mit Gummizug wanderte ebenfalls hinein. Und an der Kasse selbst stand das Beste, was der Laden zu bieten hatte: eine bestickte Leinen-Einkaufstasche mit dem Bild des Eiffelturms, die prall gefüllt mit französischem Konfekt und Marmelade und wahrscheinlich sündhaft teuer war.

»Die nehme ich auch«, sagte Sydney, als der Kassierer ihre Einkäufe über das Band schob.

»*Oui, mademoiselle!*«, erwiderte er, und Sydney konnte die Eurodollars in seinen Augen förmlich aufblitzen sehen.

Es war ihr egal. *Nach allem, was ich bei diesem Einsatz mitgemacht habe, ist Wilson mir diese süße Entschädigung einfach schuldig,* dachte sie, als sie ihren Einkauf mit dem Geld des SD-6 bezahlte.

Als sie wieder aus dem Laden kam, drückte sie Noah die Einkaufstasche in die Hand. »Halten Sie mal.«

»Für mich?«, fragte er in gespielter Überraschung.

»Das könnte Ihnen so passen! Nein, ich will mich nur schnell ein wenig zurechtmachen.« Sie clippte sich die Nylonbörse an ihren Gürtel, streifte sich das Haarband über das Handgelenk und bürstete sich das Haar.

»Haben Sie Hunger?«, fragte Noah mit Blick auf die Leckereien in der Tüte. »Ich hoffe, man hat Ihnen einen Löffel für die Marmelade gegeben, oder müssen wir den jetzt auch noch kaufen?«

»Wovon reden Sie eigentlich?«

»Von dieser riesigen Touri-Einkaufstüte mit den vielen französischen Spezialitäten darin. Oder wollen Sie Ihrer Zimmergenossin etwa weismachen, Sie hätten das alles in San Diego gekauft?«

Sydneys Züge erstarrten einen Moment. Da sie mit ihrem Pferdeschwanz fertig war, nahm sie Noah die Tasche wieder ab. »Ich hab nicht drüber nachgedacht. Ich wollte mir nur ein Souvenir kaufen«, sagte sie und machte sich auf weitere ätzende Bemerkungen zum Thema Anfängerfehler gefasst.

»Nun ... sehen Sie zu, dass Sie das Zeug im Flugzeug aufessen oder dort unter die Leute bringen.«

»Okay«, sagte sie dankbar.

Sie gingen zum Flugschalter, um die Bordkarte abzuholen. Sidney fragte nach einem Fensterplatz, doch es gab noch nicht mal mehr einen freien Sitz am Gang.

»Der Flug ist völlig ausgebucht«, sagte der Mitarbeiter der Linie. »Ich kann Ihnen leider nur einen Mittelplatz im Zentralbereich der Maschine geben.« Sie akzeptierte dies ohne Murren.

»Zentralbereich?«, fragte sie Noah stirnrunzelnd, als sie Richtung Zoll gingen.

»Tja, Sie sind keine Erste-Klasse-Passagierin mehr«, sagte er und schüttelte traurig den Kopf. »Und vor allem sind Sie nicht entsprechend gekleidet.«

»Sie sehen aber auch nicht besser aus!«, protestierte Sydney.

»Nein, aber bis heute Nachmittag wird sich das geändert haben. Doch was soll's. Sie fliegen wohlbehalten wieder nach Hause, und das ist doch die Hauptsache.«

»Ich weiß.«

Noah sah nach vorn, wo sich die Passagiere bereits vor der Sicherheitskontrolle einreihten. »So, weiter gehe ich nicht mit.« Er trat ein paar Schritte aus dem Menschengewühl heraus und lehnte sich gegen eine Wand.

Sydney stellte sich neben ihn. »Kommen Sie nicht mit in die Abflughalle?«, fragte sie und versuchte, ihre Enttäuschung zu verbergen.

»Ohne Flugschein geht das nicht.« Er hob die Schultern. »Außerdem werden Sie dort noch eine Weile herumsitzen müssen. Und ich hab noch was zu erledigen, wie Sie ja wissen.«

»Ach ja. Natürlich.«

»Also dann«, sagte er und zuckte wieder die Achseln.

»Ja, also ... auf Wiedersehen«, sagte Sydney.

Keiner von ihnen machte Anstalten zu gehen. Sydney krümmte ihre Zehen in den Schuhen und überlegte verzweifelt, was sie noch sagen konnte.

»Es war prima, mit Ihnen zu arbeiten«, fügte er plötzlich hinzu. »Sie werden eine großartige Agentin werden, Bristow. Das kann ich Ihnen versprechen.«

Unter anderen Umständen hätte sie nach einem solchen Kompliment einen ganzen Tag auf Wolke sieben geschwebt. Doch im Moment fühlte sie nur Enttäuschung.

Und was ist mit uns?, wollte sie ihm entgegenschreien. *Was ist mit dir und mir?*

Doch sie konnte einfach nicht damit heraus. Immerhin war Noah älter und im Rang höher gestellt als sie. Was, wenn sie sich geirrt und sein Verhalten falsch interpretiert hatte. Was, wenn sein Kuss wirklich nicht mehr gewesen war als ein einfaches Täuschungsmanöver ...

Ich würde vor Scham im Boden versinken, beantwortete sie sich die Fragen selbst. *Also lasse ich das Thema besser auf sich beruhen.*

Doch warum stand er dann noch immer hier rum?

Jemand wie Noah Hicks würde mein Leben um einiges verkomplizieren, überlegte sie. *Und bestimmt gibt's so was wie 'ne Vorschrift, die besagt, dass Agenten nichts miteinander anfangen dürfen. Und außerdem würde Dad wahrscheinlich ausrasten, wenn er erfährt, dass ich was mit einem älteren Mann habe. Andererseits ... vielleicht gereicht mir das bei ihm ja auch zur Ehre. Doch wie dem auch sei, Noah ist eindeutig ein harter Brocken. Er markiert den Boss, ist arrogant und ungeduldig und ...*

Und es könnte sein, dass ich auf dem besten Wege bin, mich in ihn zu verlieben.

Konnte sie ihm dies sagen? Jetzt?

Immer mehr Leute trafen im Zollbereich ein und drängten sich in Richtung Sicherheitsschleuse.

Sydney suchte in Noahs Gesicht nach irgendeinem Hinweis, einem kleinen Zeichen, und für eine Sekunde glaubte sie, so etwas wie ein Flackern in seinen Augen gesehen zu haben ...

Doch dann zuckte er wieder mit den Schultern. »Ich denke, man sieht sich bestimmt mal«, sagte er. »Ich meine, sicherlich laufen wir uns mal wieder über den Weg.«

Viel war das nicht, aber für jemanden, der noch Dringendes zu erledigen hatte, stand er hier ziemlich lange herum, fand Sydney. Sie machte einen Schritt auf ihn zu und hielt dann doch wieder inne.

Was, wenn ich falsch liege?

»Tja, also ... wir sehen uns«, sagte sie und beschränkte sich auf ein hoffnungsvolles Lächeln.

Sie sah ihm nach, während er davonging, und als er sich noch einmal umwandte, um ihr zum Abschied zuzuwinken, stockte ihr der Atem. Keine Frage, es *gab* definitiv etwas zwischen ihnen; sie wusste nur noch nicht, was es war.

Ich denke, ich sollte versuchen, das auf unserem nächsten gemeinsamen Einsatz herauszufinden.

Auf dem Rückflug nach L. A. wurde Sydney unsanft aus ihren Tagträumen gerissen, als sich von hinten ein Finger in ihre Schulter bohrte.

»Sie nerven Sie doch nicht, oder?«, fragte die Frau, die direkt hinter ihr saß.

»Was? Wer?«

»Meine Kinder«, erwiderte die Frau und sah sie seltsam an. Sie hatte den Platz zwischen vieren ihrer Sprösslinge, während Sydney direkt neben zwei weiteren Kindern saß, die unablässig an der gemeinsamen Armlehne rüttelten oder die kleinen Abstelltische auf- und zuklappten. Der dazugehörige Vater saß neben dem Gang zu Sydneys rechter Seite und hatte ein nervöses Kleinkind in seiner Obhut.

»Nein, die sind ganz lieb«, versicherte ihr Sydney und lehnte sich wieder in ihrem Sitz zurück.

In Wahrheit waren die Kinder zappelig und ungestüm und völlig verrückt nach der leckeren französischen Schokolade, die Sydney an sie verteilt hatte. Doch sie fühlte sich trotzdem nicht von ihnen gestört. Im Gegenteil. Inmitten der Mitglieder dieser überaus lebhaften Großfamilie fühlte sie sich sicher, wie schon seit Tagen nicht mehr. Sie stellte fest, dass es etwas unerwartet Entspannendes hatte, sich zur Abwechslung mal mit ganz normalen Leuten zu umgeben.

Kein Mensch würde mir ansehen, dass ich ein Doppelleben führe, dachte sie amüsiert. Alles an ihrer momentanen Erscheinung schien dem unwissenden Beobachter »erschöpfte Studentin!« entgegenzuschreien.

Internationale Spionin? Wohl kaum.

Jeder, der zu ihr hinsah, würde sie für das Kindermädchen der Familie halten. Niemand in diesem Flugzeug würde auch nur erahnen können, dass sie erst kürzlich ihr Leben riskiert hatte, um das anderer Menschen zu retten.

Und das ist mir auch ganz recht so, stellte sie fest. Sie erwartete keine großartige Aufmerksamkeit oder gar einen Dank: Sie wollte ganz einfach etwas verändern.

Sie zerrte an ihrem kleinen quadratischen Kopfkissen, um es sich ein wenig bequemer zu machen. Das Flugzeug war gerade mal eine Stunde in der Luft, und schon konnte sie kaum mehr die Augen offen halten. Wenn sie doch nur eine etwas bequemere Position für ihren Kopf finden konnte ...

Gehe ich heute Nachmittag wirklich zur Vorlesung?, fragte sie sich. Sie konnte sich nicht daran erinnern, wann sie das letzte Mal so müde gewesen war. Zwischen dem Jetlag, dem Schlafmangel und dem Herumgerenne in Paris, das ihr ausgefallenes Lauftraining um ein Vielfaches kompensierte, war ihr nicht viel Zeit zum Verschnaufen geblieben. *Wenn ich nicht zur Uni gehe, werde ich Noah trotzdem erzählen, dass ich da war.*

Andererseits ist das dann schon wieder eine Lüge.

Der Gedanke behagte ihr nicht. Es gab schon zu viele, die sie im Zusammenhang mit ihrer neuen Karriere anlügen musste: Francie, ihren Vater, all ihre Kommilitonen. Noah war einer der wenigen Menschen in ihrem Leben, zu dem sie eine völlig aufrichtige Beziehung haben konnte.

Und genau das will ich, stellte sie fest. *Ja, ich will es wirklich.*

Niemand konnte durchs Leben gehen ohne wenigstens einen Menschen, dem er voll und ganz vertrauen konnte. Seit sie sich im letzten Sommer das erste Mal getroffen hatten, waren sie und Francie rasch Freunde geworden – und dann beste Freundinnen. Doch nun würde immer der SD-6 zwischen ihnen stehen.

Trotzdem kann ich es kaum erwarten, sie wieder zu sehen, dachte sie. *Und Wilson. Mal sehen, was passiert, wenn er von unserem Abenteuer in Paris hört. Und mal sehen, was passiert, wenn ich wieder in diesen schrecklichen Wassertank muss ...*

Sie zog sich die dünne Decke bis unters Kinn und verlagerte ihr Gewicht auf die andere Seite.

Und Noah, dachte sie, als sie langsam in Morpheus' Arme hinüberglitt. *Gewiss werde ich Agent Hicks wieder sehen ...*

Sie seufzte und schlief ein – mit einem zufriedenen Lächeln auf den Lippen.

Eine weiterer Einsatz liegt hinter mir.

Ich bin jetzt schon einige Zeit dabei, und nichts kann mich mehr wirklich überraschen; nichts mehr wirklich aus den Latschen hauen. Stress, Risiko, Lebensgefahr – all dies ist Teil meines Jobs.

Sich zu verlieben, nicht.

So fing alles an ...

ALIAS
DIE ANWERBUNG
ISBN 3-8025-3230-9

Egmont vgs verlagsgesellschaft, Köln
www.vgs.de

www.tvspielfilm.de

Lieber ein gutes Buch als im falschen Film.

Mit TV SPIELFILM wissen Sie immer, wann sich das Einschalten lohnt und wann Sie lieber zu Ihrem Lieblingsbuch greifen sollten.

TV SPIELFILM – Nur das Beste sehen